「案外、まだ懲りていないようだな？」

「いいから、早く済ませて私の上からどいてくれ！」

「ふん」

　どこまでも強気な態度を崩さない胤人に、重貴はこれまでになく残酷な気分になった。

「いいだろう。仰せのままに、だ」

SHY NOVELS

桔梗庵の花盗人と貴族

遠野春日

イラスト 雪舟 薫

CONTENTS

桔梗庵の花盗人と貴族

壱《いち》

――面白いところに案内するから、明日必ず来てくれ、胤人様《つぐと》。

渋る胤人に取り合わず、楢崎《ならざき》は賭けに勝った者の権利とばかりに強引な約束を取りつけた。ふざけて「様」付けする科白《せりふ》には、悪戯心がありありと出ている。

無理やり渡された手書きの地図。

胤人は溜息をつき、サロンで賭けポーカーになど加わった自分の愚かさを、あらためて悔いた。金に不自由していない自称紳士連中にとって、胤人のような世間知らずの男を揶揄するのはいい暇潰しなのだろう。

わかっていても結局断れなかったのは、華族の家に生まれた胤人の、自尊心の高さ故だったかもしれない。


そこは馴染みのない奇妙な場所だった。

銀座尾張町《ぎんざおわりちょう》の大通りと並行する、一本奥の狭い道。蕎麦屋《そばや》や和菓子屋、和装小物を扱う店などが並ぶ通りの中ほどにあるうらぶれた煙草屋《たばこや》の角を曲がると、肩幅の張った男二人であれば並んで通るのもやっとという窮屈そうな路地が延びている。さほど長くない、行き止まりの道だ。人通りは全くない。

そのどん詰まりにある石造りの二階建ての建物が、待ち合わせに指定された店、『黄昏亭《たそがれてい》』だった。店名を彫り込んだ木製の看板が、金具に引っかけられ、軒下《のきした》にぶら下がっている。冬間近の風が看板を僅かに揺らし、キイ、と錆《さ》びた鉄の音を辺りに響かせた。

扉に手をかける前から嫌な予感はしていた。それでも、ここまで来てしまった以上、今さら回れ右するのもばかばかしい。

重い木の扉を引いて中を覗いてみた。

まだ夕刻なのに、中は穴蔵《あなぐら》のように薄暗い。思ったより広々とした室内は、もうもうと立ち籠めた煙草の煙で、薄く靄《もや》がかかったようになっている。

天井に渡された太い梁《はり》のところどころに、ランタンが吊り下げられていた。頭ほどの高さに並んだ窓には、鳥や花の模様を描いた色付きの装飾硝子《ガラス》。出入り口のすぐ傍から奥に向けて縦長いカウンターが伸び、そのさらに向こうにはダンスホールのフロアのような空間が開けている。カウンターの内側の壁には造りつけになった棚があり、色とりどりのアルコールの瓶が隙間もなく並んでいた。

なんだ……、ここはいわゆる場末のバーみたいなものなのか。

まったく得体の知れない怪しげな店ではないようで、胤人はひとまず安堵した。

意外に客の入りもいい。来る途中の人気《ひとけ》のない路地からは想像もつかぬほどだ。ざっと見渡した限りでも、ほとんどの席が埋まっているのが見て取れた。流行《はや》っている店のようだ。

それにしても、何かしっくりとこない、奇妙な雰囲気を感じる。

なぜだろう、ともう一度店の中を見渡したとき、胤人はちょっと異様なことに気がついた。

ここにいるのは、年齢も職業もばらばらの男ばかりだ。婦女子はひとりも見当たらない。しかも、どの男も単に会話するには不自然なほど、肩や顔を相手と近づけ合っている。フロアのテーブル席ばかりか、カウンター席に並ぶ男たちも、ホールで立ち話をしている男たちも、皆そうなのだ。

婦女子の立ち入らない場所というと、胤人がときおり出入りしている紳士倶楽部《しんしくらぶ》もその通りだが、それとは全然様子が違う。

紳士倶楽部といえば、お茶やアルコールを飲んだりゲームを嗜《たしな》んだりしながら、スポーツや芸術、政治、経済などといった話題を繰り広げつつ、ゆったりとした時を過ごすというのが建前のサロンだ。

倶楽部に集《つど》う男たちは、得てして高尚《こうしょう》そうな紳士面をしているものだが、ここにいる連中にはそんな様子はない。むしろ己の欲を剝き出しにし、何かしら共通の、暗黙の了解を持って集まっている、そんな印象を受けた。

入り口から奥に向かって一歩足を進めるたび、付近にたむろしている男たちの目が次から次へと胤人に向けられる。

なんなんだ、感じの悪い……。

まるで品定めするかのように無遠慮な視線を全身に浴びせられ、胤人はたちまち嫌な気分になった。わけのわからない不安もあるが、それより不愉快さの方が先に立つ。場違いなところに迷い込んだ自覚はあった。それにしてもなぜ自分が、見知らぬ男たちから好奇に満ちた目で見つめられなければならないのか。怒りや反発心が生じる。

私は見世物ではないぞ！

胤人は、目が合った二十代後半と思《おぼ》しき鳥打帽《とりうちぼう》を被った男をきつく睨み返すと、煙の充満した室内をぐるりと見渡した。

いったい、楢崎はどうしたのだろう。

約束の時刻はすでに過ぎているのに姿が見えない。

最初からこんなことになるのではないかという気はしていたが、案の定だ。

あのお調子者で軽薄で、いいかげんなところのある新米医者を、やはりちらりとでも信用するべきではなかった。

悪い男ではないと承知してはいるが、サロンでくだらない噂話に付き合わされる程度ならばともかく、こんな得体の知れない場所に呼び出され、待《ま》ち惚《ぼう》けを食わされてはたまらない。冗談にもほどがある。

カウンターの端まで来たところで、胤人は後悔すると同時に困惑し、立ち尽くした。

相変わらず四方八方から視線を感じる。

ぞわりとした。誰と目が合うのも嫌で、あらためて周囲を見渡す気にもなれない。

楢崎は遅刻魔だ。今日もいつものごとく、ただ遅れているだけならばまだいい。正直なところ胤人としては一分一秒でもここにいるのはごめんだが、せっかく来たのに楢崎とすれ違いになり、「やはり怖《お》じけて来なかったな、子爵《ししゃく》家の若様」などと得意満面でからかわれるのはもっと心外だった。自分が遅れたことはすっかり棚に上げ、平気でそんなことを言えるのが楢崎という男だ。

胤人は少しでも楢崎に付け入る隙を与えたくないと意地になった。

もともと楢崎と胤人の関係はそれほど親密なものではない。

子爵家の主治医である西埜《にしの》が、とあるパーティー会場で、友人の医師だと言って楢崎を子爵に紹介した。その縁で息子同士も挨拶を交わしたのがきっかけだ。それが今年の初めのことで、その後、春の園遊会で再び顔を合わせた際、たまたま同じサロンに出入りしていることが話のついでに明らかになった。どちらかというと内向的で、ひとりで過ごすのが好きな胤人は、名簿に名ばかり連ねているだけの会員で、ほとんど顔を出していなかった。そのため楢崎を知らなかったのだ。

お節介焼きの楢崎に強くせっつかれ、渋々サロンに顔を出した胤人は、自然に楢崎の仲間たちの輪に入るようになった。その四人の仲間うちでは、胤人だけが華族の出身である。年齢も皆二十五か六で、胤人ひとり二十三と少し離れている。三人は学生時代からの友人同士で、互いにある程度気心の知れた仲らしい。

穏やかで飄々《ひょうひょう》とした面白みのある諏訪《すわ》はともかく、悪気はなくてもちゃらんぽらんなところの多い楢崎や、資産家の息子でどこか世襲貴族を馬鹿にしたきらいのある千葉《ちば》は苦手だ。

胤人はつくづく、楢崎に乗せられっぱなしの最近の自分自身に嫌気が差してきた。

嫌なら嫌、できないことはできないと素直に断ればいいのに、いざとなると矜持《きょうじ》が邪魔をして、ひたすら虚勢を張ってしまう。どんな些細なことに対しても、負けを認めるのを悔しがる性格なのだ。

こんなふうに頑《かたく》なになったのは、小さな頃からひとつ年下の弟と常に比べられ、苦い気分を味わわされてきたせいだろう。

弟の宗篤《むねあつ》は胤人よりずっと体格がよくて頑健で、明るく社交的な性質なので人望もある。父が密かに、胤人より宗篤に子爵家の跡目を継がせたがっていることは、胤人もずいぶん以前から勘づいていた。初めて気づいたときには相当な衝撃に、愕然としたが、今ではある程度開き直っている。弟と胤人では持って生まれた資質が違う。こと家の跡継ぎという点に置いては、神経質で内向的な胤人より、明朗で大胆、現実的な物の見方をする弟の方が優れているのは誰の目にも明らかなのかもしれない。しかし胤人も、仮にも長男として生まれた以上、立場と矜持がある。周囲の思惑がどうであれ、皆の手前は素知らぬふりをして、堂々としていようと心に決めていた。きっと、そのあたりから意地を張り通す癖がついたのだ。

「そこの坊ちゃん」

いかにも場違いな様子の胤人に、カウンターの中にいた蝶《ちょう》ネクタイに白シャツの男が声をかけてきた。マスターなのか雇われバーテンダーなのかは定かでないが、小柄で厳《いか》めしい顔つきをした男だ。

鋭い目で睨み据えられて、こっちに来な、というように顎《あご》をしゃくられる。

有無をいわさぬ押し出しの強さがあった。

胤人は微かに眉を寄せながら、カウンターの角に近づいていく。少し離れた位置に腰かけている労務者ふうの中年男が、興味津々といった目つきでちらちらと胤人を窺《うかが》い見《み》るのが不快だ。しかし、この場は他にどうしようもない。

蝶ネクタイの男は、タン、と胤人の前にブリキのカップに入った麦酒《ビール》を置くと、じろっと探るような眼差しを向けてきた。

「誰に聞いてきたのか知らないが、ここがどういうところかわかって入ってきたんだろうな?」

「友人と待ち合わせしているんだ」

男の喋り方は横柄で、客を客とも思わぬ無礼さがあった。もしかすると胤人に対してだけのことかもしれないが、そう思うと胤人も素直に受け答えするものかという心境になる。さっきまで感じていた不安はどこかに押しやって、そっけない返事をする。

「だったらいい」

胤人の言葉を信じたのかどうかは不明だが、とりあえず男は納得したようなことを言う。

「これは俺からの奢りだ」

麦酒を指差し、後はすっかり関心を失った様子で胤人の傍を離れていった。

酒など別段飲みたくなかったが、その場を凌《しの》ぐため、胤人はカウンターに向かって立ったまま、冷えたカップを持ち上げ、泡だらけの麦酒を形ばかり口にした。すぐ傍《かたわ》らに空いているスツールがひとつあったのだが、座って腰を落ち着ける気にはなれない。

一挙手一投足に、そこはかとなく盗み見るような視線が寄せられるのを肌で感じる。

胤人の苛立ちは徐々に増していった。

ああ、もう、なぜこんな不愉快な目に遭わなくてはならないのだろう……！

十分――いや五分だ。あと五分待って楢崎が来なければ帰る。こうして麦酒まで飲んだのだから、約束は果たしたことになる。行って待っていたのになぜ時間通りに来なかった、と逆に楢崎のずぼらさを責めてやってもいいはずだ。

ズボンのポケットから懐中時計を取り出し、カウンターの下で針の位置を確かめる。

そのとき不意に横合いから濁声《だみごえ》で声をかけられた。

「よお、綺麗な若旦那《わかだんな》さん」

俯《うつむ》けていた顔を上げ、いつの間にか右隣にすり寄ってきていた労務者ふうの中年男に視線をくれる。

「どなたですか？」

酔っている。ひと目男を見た途端、胤人は相手の赤ら顔と酒臭い息に顔を顰《しか》め、心持ち身を遠ざけた。

「ど、どなたですかァ？　はっは！　こ、こ、こいつはいい！　どなたですかときたもんだ」

男は酔いのためかうまく回らない口調で突っかかりながら言うと、大げさに膝を叩いて受けてみせる。べつに何もおかしなことを聞いたつもりのない胤人は、馬鹿にされ、揶揄されているようで腹立たしかった。互いに見ず知らずの関係で、いきなり話しかけてこられただけでも失礼な人だと思ってムッとしていたのに、わけもわからず自分の言葉を繰り返されて嘲られては、とうてい平静でいられない。

胤人は眦《まなじり》を吊り上げ、男を睨んだ。

「へへへ……気の強そうな若旦那だ」

文句のひとつでも投げつけてやろうと胤人が口を開くより先に、男がおっかなそうに首を竦《すく》める仕草をしながら、なおも懲《こ》りた様子は示さずに冷やかして言う。

「友達と待ち合わせなんだって？」

どうやら先ほどの会話を聞かれていたらしい。

男は落ち着きなく、カウンターの上を意味もなくトントンと叩く。その指先が、木炭でも擦りつけたかのように爪の中まで黒ずんでいるのを目に入れた胤人は、やはりここは自分の日常からはずいぶん離れた場所なのだと感じ、心許《こころもと》なさを覚えた。

まだ半分以上中身の入ったブリキのカップに添えていた指を外し、男の視線が届く範囲から手を隠そうと、そっと腕を下ろしかける。なぜか男に自分の指を見られるのが嫌だった。

しかし、浅黒い男の手が伸びてきて、胤人の指を躊躇《ためら》いもなく掴み取る方が早かった。

「なっ、なにを――！」

まるで予期しない男の行動に、思わず声が掠れる。

振《ふ》り解《ほど》きたくても、指を握りしめた男の力は強くてままならない。

こんな無礼を働かれるのはたぶん生まれて初めてだ。頭に血が上り、怒りと屈辱に目の前が真っ暗になったが、さりとてどうすればいいのかわからず動揺する。

「綺麗な指をしてやがる。いったいどこの若様だ？」

舐めるような目でとくと顔を覗き込まれ、黒い指先で肌の感触を愉しむように手の甲を撫で回される。

ぞわぞわと背筋を悪寒が這い上がってきた。

やめろ、と怒鳴りたいのだが、いざとなると言葉が喉に張りつき、出てこない。情けないことに、そのうち膝まで小さく震え始めた。

これほど接近されて尋常でない迫り方をされているにもかかわらず、周囲には誰一人として止めに入ろうとする者はいない。むしろ、面白そうに成り行きを見届けようと構えている雰囲気だ。こちらに好奇に満ちた目を向けながら、額を突き合わせた者同士ひそひそと何事か囁いては、賭けの結果を楽しみに待っているような笑みを浮かべる。ざっと左右を見ただけでも、そんな男たちのグループが三つは確められた。

どうしよう。――誰か。

出入り口の扉は開かない。今ここに、楢崎が来てくれたら、という胤人の都合のいい望みは叶いそうもない。

思いきって男を押しのけ、さっさとここから出ていけばいいと頭ではわかっているのだが、どうしたことか体が動かなかった。

「なぁ、もしあんたの連れがあと五分しても現れなかったらよう……」

男がろくでもなさそうなことを言いかけたときだ。

「ここにいたのか、芦名《あしな》」

背後からよく知った声がかけられ、胤人はあまりの意外さに安堵よりも驚愕《きょうがく》し、まさかそんな、と恐々《きょうきょう》とした心地で首を振り返らせていた。


誰か新しい客が入ってくるとつい出入り口に視線を伸ばしてしまうのは、『黄昏亭』に集う男たちのほとんどが、その晩出会う顔ぶれの中から、朝まで一緒に過ごしてくれそうな相手を互いに物色し合っているからだ。

「ねえ、重貴《しげたか》」

ほら今入ってきた彼、と優《まさる》が重貴の肩に手をかけ、耳元に顔を寄せてきた。

そろそろ中堅と呼ばれるようになってきた舞台俳優の優は、職業柄、常に周囲から受ける刺激

を大事にしている。どんな些細なことでも興味深く観察し、芸のために役立てようとする、役者としては至極まっとうな貪欲《どんよく》さを持ち合わせているのだ。

「どうした。なんだか周りの連中も色めき立った様子だが、おまえまでそんな顔をするとは、よほど食指の動く男が現れたのか？」

人目につきにくい奥のテーブル席で、出入り口に背を向ける形で座っていた重貴は、わざわざ体を捻《ひね》ってまで見る気にはなれず、冷やかしを込めた眼差《まなざ》しを、目前の整った顔立ちの俳優にくれた。

「綺麗だよ。掃《は》き溜《だ》めに鶴って感じ」

「掃き溜めに鶴？　それはご大層な表現だな」

「とっても目立つんだ。ちょっと目が離せないくらい印象的」

多少の美形ならば女優仲間などで見慣れているはずの優が、ここまで熱を込めて言うからには、相当魅力的なのだろう。重貴は遅ればせながら振り向いて確かめたい気持ちになったものの、今度は変な見栄が邪魔をして、表面上はたいして興味なさそうな振りをした。子供の頃からこんなふうに天《あま》の邪鬼《じゃく》のところがあるのだ。二十代も半ばまできたのだから、もうそろそろ無意味な意地を張る癖はなくした方がいいだろうと自覚しているのだが、いざとなるとやはり気質が理性を押しのける。

　重貴が興味を持った様子を見せなくとも、優はどうしてもその新客が気になるようで、この話題から離れない。

「ああ、こっちに歩いてきた。かなり厳格に躾《しつけ》られた、どこかいい家のお坊ちゃんだな。歩き方ひとつとっても品がある。プライドも高そうだ。こんな場所には不慣れそうなのに、平気を装って無理してるところなんか、そそられるね。誰か人を探しているようだけど、待ち合わせかな」

「どのみち、こういった場所に来るくらいなんだから、どこのお坊ちゃんだろうと頭の中で考えていることは、今ここにいる連中と大差ない。どんなやつがお好みなのかは知らないが、気分が乗れば俺やおまえとも遊んでくれるかもしれないぜ」

「ちょっとその言い方はあからさますぎやしないか、重貴」

　優は苦笑しながら重貴を窘《たしな》めた。つばのあるソフト帽をしなやかに動く指で目深《まぶか》に被り直し、舞台映えのする白い顔がほんのり赤らむのを隠す。いざ芸の肥やしとなるならば、どんな破廉恥《はれんち》で非道徳的な真似でもする覚悟を持った男だが、ひょっとした拍子に妙に初《うぶ》なところを見せる。重貴は昔から優のそんな二面性が面白く、好きだ。高等学校で学寮生活を送っていた頃に知り合った同室の美青年は、七年以上経た今でも基本的に変わらない。重貴はふと、初めて優を寮の硬い寝台に押し倒して奪った日のことを思い出し、微苦笑した。あの頃は本当にがっついていたものだ。

今では恋愛感情こそ薄れたものの、やはりときおりお互い気が向けば、こうして男同士の待合場所に来て、二階の部屋を借りる関係が続いている。細く長く、すっかり落ち着き果てた、馴染みの仲だ。激しく胸が騒ぐこともない代わり、遠慮や気兼ねも感じない。

実は優には、去年の暮れあたりから、同じ劇団に心密かに想う相手がいるらしいことを、重貴は鋭い観察眼から察している。だがそれは、いつか優自身の口から打ち明けられるまで、気づかない振りをし通すべきことだった。男色趣味のない相手に惚れたからには、さぞかし辛《つら》いことだろう。口出しするつもりは毛頭ないし、ろくな相談相手になってやれる自信もないのだが、いよいよ精神的に苦しくなってきたときには、話を聞くくらいのことはしてやりたいと思っている。

重貴自身は恋愛に冷めたところがあるので、たとえ優が自分と誰かを二股かけていようと、気持ちのいい関係さえ保持できるなら、それはそれで構わないつもりでいた。

たぶん、そんなふうに冷淡かつ鷹揚《おうよう》でいられるのは、今の重貴が特に誰も好きではないからなのだろう。来る者は拒まず去る者は追わない、といった心境で、刹那《せつな》的な快楽を追っているだけだ。とりあえずはそれで満足していた。

「きっとあの彼は、ここがどういう店なのか知らずにやってきたのだと思うよ」

「ふん？」

重貴はウィスキィの入ったグラスに口をつけつつ、相変わらず気のない相槌《あいづち》を打った。話題の主がいると思しき方向には、ちらりとも視線を流さない。

「今、カウンターの端にいるんだ。あんまり浮いて目立っているせいかな、マスターが心配して声をかけてる。無理もないか……あれだけの美貌だ。今夜の相手をまだ見つけていない連中が放っておくはずない。たぶんきみも彼を見たら、無関心ではいられなくなるんじゃないか」

「待ち合わせしているふうなんだろうが」

「そうだけど、どうやら相手は約束の時間に遅れているようだし、第一、彼みたいな男をこんな場所に呼び出して待ち惚けを食らわせるなんて、ろくなやつじゃない。僕はきみが彼に声をかけに行ったとしても止めないね」

「ばかばかしい。そいつに並々ならぬ関心があるのはおまえだろう。なぜ俺が声をかけるんだ」

「いや、僕は単に、そうしたとしても止めないと仮定したまでだ。深い意味はないよ」

優は重貴を不機嫌にさせてしまったのではと気遣ってか、宥《なだ》めるような口調になる。せっかくこうして久しぶりに会っているのに、たまたま店に来合わせた美青年の話ばかりされては確かにいい気分ではない。かといって重貴はべつに怒っているわけではなかった。無愛想でそっけないのはいつものことだ。今となっては、優との関係は、いわゆる付き合っているとか恋人同士というものとは異なり、盟友に近い感覚がある。優は重貴にも恋をする感情を持たせたいのだろう。現状ではひたすら自分が重貴を都合のいいときだけ利用している気になって、きまりが悪いのかもしれない。重貴もそういう優の心境は汲み取っていた。

「綺麗なだけの男なら俺は他に知っているぞ」

重貴の唐突な発言に、優は「えっ？」と虚を衝《つ》かれた顔をする。

芦名胤人のつんと取り澄ました、いかにも出自を鼻にかけた高慢そうな顔を脳裏に描いた重貴は、皮肉っぽい笑みを口元に浮かばせた。日頃から芦名をよく思っていないのが、そのまま声にも表れる。もとより隠す気もなかった。

「ときどき暇潰しに出かける倶楽部で、少し前から顔を合わせるようになった男だが、あれは確かにちょっとお目にかかれないくらいの麗人だ。とある華族の御曹司《おんぞうし》で、お高くとまった鼻持ちならないやつだから、俺は特に親しくしたいとも思わないけどな。いかなるときにも表情を崩さないのが信条らしく、愛想がいいとはお世辞にも言えないが、あの白皙《はくせき》の美貌は何度見てもはっとする。もっとも、いくら目鼻立ちが端麗でも、にこりともしない能面みたいな顔には、興味を抱くのを通り越して苛立ちさえ感じるというものだ」

「珍しいね、きみがそんなふうに他人を評すのは」

「なんだって？」

優の受け答えは重貴が思いもよらぬ方向を突いてきた。重貴は眉を顰《ひそ》め、思わせぶりな含み笑いを浮かべている優の、鼻筋の通った顔を探るように見た。

「きみの口の悪さは今に始まったことじゃないけれど、その彼に対する口調からすると、いつもとはどこか違ったものを感じるよ。僕はそういう意味で、珍しいと言ったんだ」

「どこが違う。俺にはわからないぞ」

心外だったので、重貴は機嫌を悪くして意固地になった。何を根拠に優がそんなふうに言うのか、さっぱり理解できない。

ふふ、と優は人を蠱惑《こわく》する笑みを作ると、独り言のように潜めた声で呟く。

「冬来りなば春遠からじ……」

狭いテーブルで額を突き合わせて会話していた重貴は、その言葉を耳にしてさらに眉根を寄せた。いったい何が言いたいのだ、と問《と》い質《ただ》したいが、聞けばもっと自分が困惑してしまいそうな予感がして、思いきれない。世の中にははっきりさせたくない事というのがたまにあるものだ。

重貴はこの場をやりすごすため、ようやく背後を振り返ってみた。べつに優が誉めそやす美青年を見ようとしてではなかったのだが、カウンターの端に立つ、千鳥格子《ちどりごうし》の洋装に揃いの帽子で身を固めた姿は、否応もなく一番に目に飛び込んできた。

細く痩せた体型に、誂《あつら》えものの三つ揃いがぴたりと合っている。

なるほど、いかにもいいところのお坊ちゃんふうだ。衆目を集めても無理はない。

ぱっと見にまずそう思った重貴だったが、次の瞬間、思わず椅子から立ち上がりかけた。

――っ、あいつ！

「重貴？」

優の訝しげな声が重貴を椅子に留まらせた。だが、体は斜《なな》めに捻《ひね》ったままで、顔も逸らさなかった。

「まさか、彼？」

勘がよくて聡《さと》い優は、すぐに重貴の態度が急に変わった理由に思い当たったようだ。

「ああ」

重貴は苦々しげに短く答えた。

会いたくもない顔に出会《でくわ》した不快さよりも、なぜここに芦名がいるのだ、という不審でいっぱいになる。自分や優はともかく、芦名のような子爵家の跡取りが出入りしていい場所ではないだろう。

何を考えているんだ、あの世間知らずは。

苛立ちから、無意識にテーブルの上で拳を固める。

その拳を優がそっと手を広げて覆ってきた。重貴ははっとして向き直り、優の顔を見る。

「気になるなら声をかけてくればいい。なんなら、ここに連れてきてもいいよ」

優の表情は穏やかで優しく、真摯《しんし》だ。本気で言っているのが伝わってくる。

だが、臍曲《へそま》がりな重貴は、それでかえって意固地になった。一瞬でもうろたえた自分が腹立たしく感じられる。芦名のことなどどうでもいいはずだ。友人と言えるほどの関係ですらないのに、なぜ心配してやる必要があるだろう。

重貴は気を取り直すために深々と息を吸い込むと、首を振って冷淡に言ってのけた。

「いや。やつがどこで何をしようと、俺の知ったことじゃない」

「……そう?」

逆に優の方が心配そうにする。ちらちらと視線を伸ばして芦名を気にしては、何か言いたそうに重貴の顔を窺い、言葉に迷う素振りをする。下手なお節介を焼くつもりはないが、さりとてこのままでは落ち着けない——そんなふうだろうか。

「あ、ほら、酔っぱらった中年男が彼に近づいていく。あの男、サドっけがあるとかで、日頃から評判のよくないやつだよ。本当に放っておいて平気なの? 彼の連れ、当分来そうにもないけれど」

べつに優は重貴を焚《た》きつけようとしているわけではないのだろうが、サドっけのある男に迫られているとまで聞くと、さすがに重貴も知らん顔して居辛くなる。一旦背けた顔をもう一度回し、背後の様子を窺った。

嘘でも冗談でもなく芦名はカウンターでよく見かける労務者ふうの男に絡まれている。白い横顔が一層青ざめており、激しく動揺し、困っているのが見て取れた。

「ちくしょう」

重貴は芦名と自分に向けて半々に悪態を吐《つ》く。

やはりこのまま無関係な他人を装い、放置してはいられない。正義漢でも特別面倒見がいいわけでもないが、ああも危なっかしいところを見せられると、焦れったくて苛ついてしまい、無視し続ける方が苦しくなる。相手が平常より快く思っていない芦名であっても、この場合は関係なかった。もともとそういう性分なのだ。自分に自信がある分、要領の悪い人間や無防備な人間のことが気にかかる。

「あの身の程知らずをこの店から連れ出してくる」

重貴がぶっきらぼうに言うと、優は安堵した表情で頷いた。

「それがいいね」

「車に乗せたらすぐに戻ってくるつもりだが、その間ひとりで待っていられるか？」

「僕のことなら心配なく。なんなら、今夜はこれで別れよう。どうせ明日は早朝から稽古《けいこ》だ。またの機会にゆっくり会う方がお互いのためかもしれない」

「なんだ、そうだったのか」

「ちょっと、急に、個人的な稽古をつけてもらえることになってね……」

申し訳なさそうに優は語尾を濁らせる。

ははん、と重貴は事情を察した。どうやら焦がれている男と不器用ながらも少しずつ関係を深めているようだ。それならそれで重貴も気兼ねする必要はなくなる。

「結果は次回会うときにでも聞かせてもらうよ」

いったい何の結果だ。重貴はどこか勘違いしている優に溜息をつく。自分と芦名の間には、どんな甘い雰囲気も生じたことはないぞ、と言ってやりたかった。いくら重貴が面食いの美形好きでも、綺麗なら誰でもいいわけではない。芦名みたいに始終仏頂面《ぶっちょうづら》をした神経質そうな男と付き合おうと思うのは、よほど奇特な人間だけだろう。——まぁ、一度抱いてみるくらいならやぶさかではないが。

重貴が心中でぼやいているうちに、優は「それじゃあお先に」と重貴に手をひと振りしてテーブルを離れ、出入り口に向かって歩き去ってしまった。

まったく、予想外の成り行きになったものだ。

重貴は不愉快な気分のまま、カウンターに立つ芦名に近づいていった。


「思いもよらぬ場所で、意外な顔と会うものだな」

わざとらしく眇《すが》めた目で揶揄するように胤人を見据えた千葉重貴は、二人きりになった途端さっきまでの親しげな態度を崩し、皮肉っぽい発言をした。

むっとしたものの返す言葉を思いつかず、胤人は口を噤《つぐ》んで小さな丸テーブルの向かいに座る重貴を睨んだ。

——誰が好きこのんでこんな場所に来るものか。そう反駁《はんばく》したかったが、声にならなかった。見知らぬ男にしつこくまとわりつかれて迷惑していたところを、よりにもよって苦手な重貴に救われるという、なんとも手放しで喜べない状況に置かれ、まだ気持ちが落ち着かないせいだ。

「店に入ってきたときから、皆がおまえに興味津々《しんしん》の様子だったぜ」

重貴は胤人をますます嫌な気分にさせるような言葉を重ねると、氷の塊《かたまり》を落とし込んだウィスキィ入りのグラスを長い指で揺すった。氷がグラスにぶつかって清涼感のある音がする。

認めるのは癪《しゃく》だが、活動写真で観《み》る海外の俳優のように様になっていた。落ち着き払って堂々としており、野卑な逞《たくま》しさと気品に満ちた優雅さを併《あわ》せ持《も》っている。胡散臭《うさんくさ》さが漂うこの場の雰囲気にも、自然に溶け込んでいる。胤人は重貴から目を逸らし、やはり想像していた通りの遊び人なんだな、と意地の悪い捉《とら》え方《かた》をした。

本来ならば、何はさておき「助け船を出してくれてありがとう」と重貴に感謝するべきところだろう。頭ではもちろん理解していたが、実際には、すんなり礼を言うのが妙に悔しかった。酔った男ひとりまともにあしらえなかった自分と比べると、重貴は毅然としていて、同じ男として羨望《せんぼう》を感じずにはいられない。あまりにも差がつきすぎているようで、この上まだ下手に出るのは自尊心が邪魔をした。冷静になって考えればまるで無意味な矜持だが、この場では気づけなかったのだ。

「で？　誰かお眼鏡《めがね》に適う相手は見つかったのか？」

「何のことだ」

胤人は顔を顰め、目つきを鋭くして、ようやく重い口を開いた。

「変な誤解はよしてほしいな。私は単にここで待ち合わせをしているだけだ」

「ほう。わざわざこんな場所で待ち合わせか」

あえてゆっくりした口調で、一言一言含みを持たせて喋《しゃべ》る重貴に、胤人は反感を募らせた。嫌みな男だ。苛々する。

「知らなかった」

偽りのない事実を叩きつけるように返したつもりだが、胤人自身、こういった場所では何をどう説明しようが言い訳にしか聞こえないのをひしひしと感じた。

案の定、重貴は馬鹿にしたような笑みを口元に浮かべただけで、信じた様子はない。

「……楢崎に、ここに来いと言われたんだ」

言葉を重ねたところでかえって白々しさが増すばかり、という理不尽な状況に、胤人は次第に焦ってきた。

重貴と二人きりだと、倶楽部にいても大抵こんなふうだ。何を話せばいいのかさっぱり思いつけず、気まずい雰囲気になる。そのくせ、席を立つのは負けを認めて逃げるようで、意地から動けない。なぜか重貴も場所を替えようとしないので、黙り込んだまま別々の安楽椅子に身を預け、小一時間ほど過ごしたこともあった。後からやってきた諏訪に、「だんまり競争でもしているのか？」と呆れられたものだ。緊張混じりの重苦しい空気は、飄々としたいっぷう風変わりな画商の息子が加わることで、たちまち霧散した。もともと重貴も胤人も口数の少ない部類だが、二人きりのときの沈黙と、諏訪なり楢崎なりが一緒のときの沈黙では、雲泥《うんでい》の差があるのだ。よほど相性がよくないのだろうと胤人は思っている。

そんな重貴と『黄昏亭』などという曰《いわ》くありげな店で向き合う羽目になったのだから、胤人は間の悪さを恨んだ。いいかげんな約束をして姿を現さない楢崎には、怒りを通り越して軽蔑を覚える。さらに、楢崎を信じて待ち合わせ場所に来た自分の馬鹿正直さにもうんざりしていた。

楢崎の名を出すと、重貴は一瞬だけ納得した表情を覗かせたように思ったが、すぐにまた元の意地悪な顔つきに戻り、嘲るように鼻を鳴らした。楢崎を信用するなど間抜けだ、という意味なのか、それともやはり胤人の言葉を疑っているのか、胤人には重貴の頭の中は推し量れない。いちいち人を不愉快にさせる男だな、と腹が立つばかりだ。

「今、何時だ?」

「五時半になったところだが?」

唐突に時刻を聞かれて、つい反射的にズボンのポケットから懐中時計を出したが、答えた後で重貴の言わんとしていることに気づいた。すでに待ち合わせの時刻から半時も過ぎている。おそらく今日はもう楢崎は来ないだろう。いくらなんでも遅すぎる。これまでの経験からしても、楢崎の場合、十五分までは遅れても来るが、それ以上だと忘れているか都合が悪くなるかして、待ち合わせ場所に使いを走らせるでもなく勝手にすっぽかすのが常なのだ。胤人よりずっと付き合いの長い重貴が知らないはずはない。

胤人はじわりと唇を噛んだ。

ただでさえ微妙な立場だったのが、いよいよ追い込まれていく気がする。ここがどういう店なのか、もう薄々察していたので、下手な言い訳に取られようがなんだろうが、言葉を足さずにはいられなかった。

「きみは一昨日サロンに顔を出さなかったから、私が楢崎たちと賭けポーカーをする羽目になったことを知らないだろう? 賭け事には元から関心がないし、私としてはしたくなかったけれど、彼がどうしても四人集まらないと面白くないと言い張るものだから、やむなく付き合ったんだ」

「それで負けて、金の代わりにここに付き合えと言われた——そう話を繋《つな》ぎたいわけか？」

胤人は頭に血を上らせ、カッとなった。

「きみはいつも嫌な言い方ばかりする」

「おまえが素直に認めないからだ」

「認める？　何を？」

「ここに男を漁りに来たことさ」

「違う！」

あからさまな言葉に、まず驚きと羞恥《しゅうち》で頭がいっぱいになった。みるみるうちに顔が上気して熱くなる。こんな侮辱を受けるのは生まれて初めてだ。激しい憤りが遅れて湧いてきた。

「誰でも彼でも自分と同じ享楽《きょうらく》的な悦楽主義者だと思うのは失礼だ！」

だが、重貴は胤人を怒らせても平然としている。どちらかといえば、愉快がっているようだった。普段ほとんど感情を乱したところを見せないので、こうして顔色を変えて動揺する胤人が面白いのだろう。

胤人は、ふてぶてしくさえ感じられる重貴の横顔を張り飛ばしてやりたくなった。ハンサムだの色男だのと周りから持ち上げられている男の頬に、平手打ちの跡のひとつでも残してやれたら、少しは気も治まるのではないか。実際には間一髪のところで激情を静め、手を上げはしなかったが、我ながらよく我慢したと思う。

「まぁ、確かに俺はおまえの言う通り享楽的な悦楽主義者かもしれないが、おまえみたいに体面ばかり気にして、上辺を取り繕うような卑怯な真似はしないぞ」

「だから、私は自分の意思でここに来たわけではないと言っている。少しは人の話を耳に入れたらどうだ」

「おまえの言葉を信じるか信じないかは俺の自由だ。そうじゃないか？」

「ばかげている。私にはきみにそこまで言われなければならない理由はないはずだ。かつて一度でも私がきみに嘘をついたことがあったか？」

「というより、実は俺はおまえのことをほとんど知らないんだ。おまえが俺をよく知らないのと同じでな」

「あいにくだが、私はきみを知りたいとは少しも思わない」

「そうか」

　重貴は軽く受けておきながら、ざわっと背中の産毛《うぶげ》がそそり立つような怖い目つきで胤人を一《いち》瞥《べつ》した。

　膝がぶるりと震える。

　胤人は強気に出たことを柄にもなく後悔した。重貴の傲慢さと迫力には、胤人が多少突っ張ったところで太刀打ちできない恐ろしさがあることに気づいたのだ。しかし、もう後の祭りだった。重貴の全身を、憤怒《ふんぬ》を含んだ冷酷さが、青白い焔《ほむら》となって包んでいる。胤人の拒絶は重貴の逆鱗《げきりん》に触れてしまったらしかった。

「だったら、今からお互いをよく知り合おうじゃないか」

「な、なに……?」

重貴の口調は低く静かだったが、有無を言わせぬ迫力がある。胤人は喉に声を痞《つか》えさせながら問い返した。

「胤人」

初めて重貴が胤人を呼び捨てにする。

胤人は完全に自分より重貴が優位に立っていることを実感し、なぜそんなふうになるのかと戸惑った。

まだ胤人には、これから何が起ころうとしているのかほとんど理解できていなかったのだ。所《しょ》詮質《せんたち》の悪い冗談で、胤人を日頃から気にくわないでいる重貴が、少しばかり芝居がかって大げさな言動をしているだけだと、心のどこかで思い込みたがっていた。

ところが、どうやら事態はそれほど簡単でも甘くもない展開になってきた。

「芦名家といえば、現当主、芦名弦市朗《げんいちろう》子爵の品行方正さと篤志家《とくしか》ぶりで有名だ」

いきなり話の矛先《ほこさき》が家の方に向き、胤人はザッと音が聞こえそうなくらい激しく狼狽した。

「そういう立派な家の跡継ぎが、男欲しさにいかがわしい待合い場所に出入りしていると世間に知られたら、さぞかし面目ないだろうな？」

「でも、……だが、それは全然事実じゃない」

あまりのことに声が震えた。目も眩《くら》み、貧血を起こしたように頭の芯が冷たくなる。

「噂は真偽の是非など頓着《とんちゃく》しないで広まるものだ」

重貴がすかさず冷淡に断じる。

「何が目的？」

これ以上回りくどくいたぶられるのは我慢できず、胤人は精いっぱい虚勢を張って一気に要点に迫った。

「わかっているはずだ」

「わからない」

本当はもう話の流れから推察できていたが、とても認められなくて、胤人は突っぱねた。最後の抵抗を試みたのだ。もしかすると重貴が気を変えてくれはしないかと一縷《いちる》の望みをかけた。

「俺の口を封じておきたいのなら、代償はおまえ自身にしよう」

希望も虚しく、とうとう恐れていた科白を突きつけられる。

首を縦に振らなければ、どんな破廉恥《はれんち》で衝撃的な作り話をばら撒《ま》かれることか知れない。重貴の目にはいささかの憐情《れんじょう》も見出せなかった。

もし、父や母に疑われたら……。それより、ただでさえ常に引け目を感じている弟に、察されてしまったら？

ちらりとでもその可能性があることを考えると、胤人は心臓が凍りつきそうなくらい緊張し、居ても立ってもいられない心地になった。

以前から、もしかして自分は同性に惹かれる性質なのではないか、と密かに疑っていた。誰にも内緒にして、ひとりで悩んできたつもりだが、果たしてどこまで隠しおおせているものか、自分では判断のしようもない。

もしかすると、今日ここに胤人を来させた楢崎も、勘づいていたからこそこんな形で胤人に意地悪をしようとしたのか……？　いつもつんとしている胤人をうろたえさせ、溜飲を下げるつもりでいたのでは。そこまで考えるのは穿《うが》ちすぎだろうか。

楢崎はともかくとして、今問題なのは重貴だ。

重貴の目に、果たして胤人がどう映っているのか、知りたいような知るのが怖いような、複雑な心地がする。

「うんと言えよ、胤人」

重貴は容赦なく胤人に諦めの返事を強要した。

唇がピクピクと引きつる。

どう考えても理不尽だ。従う必要はない。脅《おど》しに乗せられてたまるものか。そう思う一方で、万一噂を立てられたときのことを想像すると、たちまち毅然とした態度でいる決意も萎《な》える。世の中が綺麗事や真実だけで成り立っているのではないことくらい、いかに世間に疎《うと》い胤人でも承知していた。一度立った噂は、消えるまでに相応の時を要する。

「卑怯だ」

振り絞るような声で言って重貴を睨む。

「それがどうした」

重貴はあくまでも傲慢で、良心の呵責《かしゃく》など微塵《みじん》も感じている様子はない。

「言っておくが、俺はここに出入りしていることを誰にも殊更《ことさら》隠し立てしていないんだ。サロンの連中はまだ知らないはずだが、ばれたところで構わない。千葉家も三男の俺には寛容で、両手が背中に回るような不祥事さえ起こさなければ、多少のことには目を瞑《つむ》る」

「人を脅して不埒《ふらち》な振る舞いをするのも『多少のこと』の範疇《はんちゅう》なのか……。素晴らしく寛容な家庭だな」

「うちは元々武士の出なんだ。武士は武士でも華族の称号までは賜《たまわ》れなかった下級だがな。侍《さむらい》にとって男色は嗜《たしな》みのようなものだ。特に珍しいことじゃない」

それに、と重貴は目を光らせる。

「俺はおまえの合意を求めた上でことに及ぼうというのだから、少なくとも強姦ではない。そうだろう?」

「この……、厚顔無恥!」

腹に据えかねた胤人が吐き捨てるように言ってそっぽを向くと、重貴は「くっくっくっ」と忍び笑いを洩らし始めた。まるで堪《こた》えてないらしい。

「じきにその無謀な言動を泣いて後悔させてやる」

胤人はひくっと喉を詰まらせた。

笑ってはいるが、重貴が怒りを増幅させたのがわかったからだ。

「さぁ、今ならまだ俺はおまえに寛大になれる。俺の機嫌がこれ以上悪くならないうちに、今後俺が飽きるまで、俺の要求に従って体を預けると約束しろ」

もはや頷くほかない状況だった。

信じられない。悪夢のようだ。

この数十分で世界がまるで見知らぬものにすり替わったのである。

それでも胤人は返事を迷い、逡巡した。どこかにきっと抜け道があるはずだ。胤人には、こんな目に遭わなければならない理由など、断じてない。

「どうやら、おまえは思った以上に頭が悪いらしいな」

しばらく沈黙が続いた後、痺《しび》れを切らしたのか、重貴がテーブルをトントンと苛立たしげに指で叩きつつ、最後通牒《さいごつうちょう》を突きつけた。

「ちょっとした知り合いの知り合いに、醜聞《しゅうぶん》専門の恐喝《きょうかつ》屋がいるらしいんだが、そいつに頼んで芦名子爵を……」

「やめろ！」

迷うどころではなくなって、胤人は声を荒げ、重貴の不穏な発言を遮った。

重貴がニヤリと唇の端を吊り上げる。

いよいよ胤人は退けなくなった。

唾を飲んで、覚悟を決める。膝を押さえる指先が覚束なげに震え、止まらない。初めてなのだ。何もかも。どんなに平気な振りをしようとしても、身に受けたことのない仕打ちに対する恐怖感は、やすやすと拭《ぬぐ》い去《さ》れなかった。

「……わかった」

胤人は迷いを払いのけ、絞り出すような声で低く答えた。

「きみの、言う通りになる」

「いいだろう」

あくまでも傲慢に重貴は頷く。瞳には満悦の色が浮かんでいた。

いざというとき何もできない自分の無力さを痛感する。悔しかった。屈辱感が込み上げ、口にしたばかりの約束をすぐさま撤回したい衝動に駆られたが、意地と矜持が邪魔をして反故《ほご》にできなかった。

「来い。二階に時間貸しの部屋がある」

重貴は手に入れたばかりの権利を早速行使するつもりでいるようだ。この場は許し、日を改めてくれそうな気配はない。

胤人は無駄と承知しておきながら、皮肉のひとつも投げつけねば収まらなかった。

「もう少し余裕のある振る舞いをするのかと思っていた。サロンで会うときには私のことなど眼中にもないような無視の仕方をしていたくせに。どんなに気取っていても、頭の中で考えていることはさっき私にしつこく話しかけてきていた男と同じだ。……ちょっと失望したかも」

「言いたいことはそれだけか」

じろりと恐い目つきで重貴に睨み据えられ、胤人は腰が退《ひ》けそうになった。しかし、なんとか持ち堪え、反抗心を失ってはいないのだと示すために重貴の目をまっすぐ見返す。

「ふん」

懲りないやつめ――重貴の表情がそんなふうに歪む。

「俺に向かって生意気な態度を取れば後悔することになる。謝るなら今のうちだ」

「なぜ私が」

胤人は強情に突っぱねた。

人としてどうかと品性を疑いたくなるような真似をしているのは重貴だ。そんな男に、何を謝る必要があるのか。胤人は筋の通らないことをする気にはなれなかった。

まだ胤人は心の奥の奥で重貴を甘く見ていたのだ。

仮にも上流階級の人間しか集えない倶楽部で、親しいとは言えないにしろ顔見知りの仲である。何のかんのと脅迫めいたことを言うが、今後のことを考えれば二度と顔を会わせられなくなるような気まずいことをするはずがない。胤人はそう信じたかった。

好かれているとは思わないが、そこまで酷い辱《はずかし》めを受けさせられるほど嫌われる覚えもない。たぶん、重貴は持ち前の人の悪さで、胤人に度を越した悪質な冗談を言っているだけなのだ。二階に上がっても、本気で胤人をどうこうする気はないだろう。

そう思い込もうとする一方で、胤人は尚も不安を捨てきれず、不穏に胸をざわつかせていた。

重貴の目が恐い。先ほどから全く目元を緩めないのだ。無愛想でとっつきにくいのは重貴が胤人と対するときの常だが、いつもと同じようでいて、やはりどこかが違う。気のせいだ、と何度自分に言い聞かせてみても、どうしても納得しきれなかった。

「千葉」

先に立って歩きだした重貴に、胤人は思いきって声をかけた。

声に切迫した響きがあったせいか、重貴が首だけ回して振り返る。相変わらず突き刺さるように酷薄な目をしていた。

「……本気？」

胤人はおそるおそる聞き、重貴の顔色のどんな些細な変化も見逃すまいとしながら、固唾《かたず》を呑んで返事を待つ。

「来い」

重貴が口にしたのはそれだけだった。

表情に、今さら何を言う、時間稼ぎでもするつもりか、といったような嘲りが浮かんでいる。まさか胤人が冗談ではないのかと疑っているなどとは、思いもかけなかった様子だ。

その瞬間胤人は、やはり重貴には冗談のつもりなど露《つゆ》ほどもなく、本当に抜き差しならない状況に追い込まれたのだということをはっきり思い知らされ、愕然とした。

顔を青ざめさせながらも、負けん気を出して気丈に振る舞おうと努めている胤人と向き合っているうちに、重貴はこれまでには感じたことのない新たな気持ちを呼び覚まされていた。

気骨のある男は好きだ。ギリギリのところで張っているに違いない虚勢にぞくぞくする。それをどうやって剝ぎ取り、堕《お》としてやろうかと考えるだけでも愉しい。ましてや、相手が由緒ある華族の若様となれば、なおさらだ。

二階の小部屋は、下で意気投合した者同士が小一時間ほど引っ込んで、直情的な欲求を解放するために用意された、情緒も何もない部屋である。三畳程度の広さの板間に据えてあるのは、堅いマットレスを置いた寝台だけだ。頭より上にある小さな窓は嵌《は》め殺《ごろ》しで、隣の建物の電飾看板が赤や黄色の光をチカチカとシーツにちらつかせている。

天井から吊り下げられた裸電球のスイッチを捻《ひね》って消すと、室内は安っぽいショウの舞台のようになった。

部屋に入るなり立ち竦んでしまった胤人に、重貴は情けのかけらもない声をかける。

「脱げよ」

ビクッと細い肩が揺れる。薄暗くなった室内でも青白く浮き出て見える頰は、緊張に引きつっていた。女の手のようにすらりとしていて優美な動きをする指が、頭から帽子を取り、こめかみに乱れかかってきた髪を搔き上げる。動揺を押し殺そうと努めているのが伝わってくる。

遊んでいない、無垢《むく》なんだな、と確信できた。以前から童貞に違いないと察してはいたが、やはりという感じである。男同士の経験どころか、女の経験もないのだろう。サロンで、猥談《わいだん》好きの楢崎が、重貴の女性遍歴ぶりをあることないこと交えて大げさに話すたび、胤人はあからさまに軽蔑に満ちた嫌な表情をした。あれは何も知らないが故の潔癖ぶりだと前から思っていた。

一度でも誰かと肌を合わせてみれば、性に対する考えは変わる。特別なことでも何でもなく、生活の一部、食事や睡眠を摂《と》るのとなんら代わりはないことに気づき、無理に興味のない素振りをしたり、禁忌に触れるかのごとく恐れたりする必要は感じなくなるものだ。

髪を押さえたままの指が微かに震えている。

綺麗な男が屈辱と羞恥に堪える姿には、なぜこんなにもそそられるのだろう。

重貴は一歩進んで二人の間の距離を縮めると、乱暴な仕草で胤人の腕を引いた。

「あっ！」

帽子を手放し、想像以上に軽い体が重貴の胸に倒れ込んでくる。

さらりとした髪が頬を掠めた。少し甘い、花のような香りがする。外国製の整髪剤に含まれる香料だろう。思わず触れたくなった。無造作に指を入れ、見た目以上に柔らかな、長めに伸ばされた髪を摑む。

「やめろ……いやだ」

「俺は嫌や否は聞きたくない」

逃れようと腰を捻りかけたところを、腕を回してさらに引き寄せる。

体と体の間に隙間もないほどぴったりと抱き合う。

胤人の狼狽ぶりが一段と激しくなった。

「放せよ、千葉。やっぱり私はいやだ。できない」

「意外と往生際の悪い男だな。意地を張るのは一人前でも、その意地はあくまで安全圏内にいるときだけのものか」

「違う！」

切れ長の瞳がキッと険を増す。いかにも気の強そうな眼差しだ。

「こんなのは、やはり筋違いだと言っているだけだ。話は他でつけよう。きみだって、きみだって……曲がりなりにも紳士なら、自分がどれだけ卑怯でみっともない真似をしているのか、わかっているはずだ。きっと後悔するぞ」

「大きなお世話だな」

重貴は胤人の必死さを直に肌で感じ、ぞくぞくしてきた。

体が熱くなってくる。

これまで、嫌がるのを押さえつけて奪うような野卑なことはしてこなかった。そんな必要はなかったからだ。優以外にも何人かと付き合ってきたが、誰も彼も、遊びでいいから抱いてくれと擦り寄ってくる者ばかりだった。

考えてみれば重貴から求めたのは胤人が二人目だ。一人目はもちろん優だが、あの時は若くて青かった。他人と抱き合うことそのものに強い好奇心があったことは否めない。二十歳を過ぎる頃までにはそういった情動はすっかり落ち着いたはずで、現にそれ以降自分から積極的になったことはない。しかし、胤人には久々に雄《おす》の欲情を煽られた。気位の高い、媚《こ》びることを知らない華族の男を、徹底的に征服し、跪《ひざまず》かせたい。

ほっそりとした腰に回していた腕を下方に移動させ、質のよいウール生地で仕立てられた衣服越しに尻の肉を撫で摑む。

ビクッと胤人の体が大きく揺れた。

みるみるうちに頰に赤みが差していき、不埒なことをする手を振りきろうと身動《みじろ》ぎが激しくなる。本人は懸命なのだろうが、普段は物静かに読書をしたりヴァイオリンを奏でたりして過ごしているらしい内向的な御曹司の抵抗などたかがしれている。

逃れようとする細身をがっちりと腕の中に捕らえたまま、重貴は無駄に体力を使って疲れるばかりの胤人をせせら笑った。

「心配しなくても、ちゃんとおまえも気持ちよくさせてやる。癖になってやめられなくなるほどの悦楽を、俺がたっぷりと味わわせてやろう」

「いらない。そっちこそ大きなお世話だ」

うるさい唇を無造作に奪う。貪るようにひと吸いしてすぐに離したが、胤人は声を立てる暇もなかったようで、息を止め、目を丸く見開いていた。どうやら口づけするのも初めてだったらしい。

とんだ純粋培養のお坊ちゃまだ。

早熟だった自分と比べ、重貴は呆れると同時に感心した。これだけの美貌なら、学生時代に先輩や同級生らから迫られて、口づけのひとつや二つはとうに奪われているものだとばかり思っていたが、重貴には想像もつかないくらい厳格で品のよい人間ばかりに周囲を固められた環境で育ったのだろう。

衝撃も冷めやらず茫然としている胤人は妙に可愛らしかった。胤人のことを可愛いなどと感じるのは初めてだ。綺麗だとはいつも思っていたが、愛想がなくてとっつきにくく、とても可愛いという雰囲気ではなかったのである。特権階級を鼻にかけた高慢ちきと、ろくに話をしたこともないうちから重貴は勝手に胤人を決めつけていた。

もう一度柔らかな唇に触れたくなって、重貴は胤人の顎を持ち上げた。

はっとしたように胤人が身を捩り、重貴を避けようとする。

重貴は強引に胤人の顔を正面向かせて押さえつけ、「いやっ……！」と叫びかけた口を再び塞いだ。

「ん……んん、っ……あ」

今度の口づけは長く濃密なものになった。

顔の向きを変えさせないように頭をしっかりと腕に抱き、股間を擦り合わせるようにして腰を密着させる。

ひゅっ、と胤人の喉から空気を洩らすような音が鳴った。

重貴の前が硬く強張り、すぐにでも挑める状態になっていることを教えられ、生々しさに怖《お》じけたようだ。性交の経験はなくとも自慰くらいしたことがあるだろうし、もしかすると男同士の場合はどうするのかという知識だけは持っているのかもしれない。

おののき震える唇を舌でこじ開け、濡れた舌を搦《から》め捕《と》る。

「う、……うっ」

淫靡《いんび》な行為に頭の中が麻痺し始めたのか、胤人の体から徐々に力が抜けていく。擦りつけられて刺激を受けた股間は反対に頭を擡《もた》げてきて、形を露《あらわ》にしかけていた。

「体は素直じゃないか」

唇を離し、耳元に揶揄する言葉を囁く。胤人は恥辱を感じた様子で顔を引きつらせながら、ぷいとそっぽを向いた。拗ねているようにも見え、重貴は思わず頬を緩めて口元に笑みを浮かべた。感情を表すと、取り澄ましているときよりもぐんと幼い印象になる。それが新鮮で興味深かった。もっと喜怒哀楽の希薄な、めったに心を動かさない性質の男かと思っていたが、案外そんなこともないらしい。

「そろそろ脱ぐ気になったか？」

顎を掴んで背けていた顔を無理やり元に戻させ、重貴は薄闇の中で怒ったように底光る黒い瞳を覗き込んだ。

「それとも、俺の手で剝ぎ取られたいのか？」

「……どちらもごめんだ」

躊躇いがちにではあったが、胤人はまだ逆らうのをやめず、強情に言い張った。

「なるほど」

重貴は抑揚のない声で短く受けると、わざと一呼吸置いて胤人の緊張をいったん緩めさせた。強張って上がり気味になっていた肩から力みが抜ける。

「千葉…」

後一押し、とばかりに微かな懇願の響きを含ませた声を出しかけた胤人の隙を衝き、いきなり傍らの寝台に突き飛ばす。

「うわっ」

翻筋斗《もんどり》を打って硬い寝台に仰向けに倒れ込んだ胤人は、一瞬何が起きたかわからないようだった。呆然とし、目を瞠《みは》る。

重貴自身もすかさず寝台に乗った。体重をかけて胤人の体にのしかかり、押さえつける。

「卑怯だぞ！」

「卑怯もくそもあるか。ここまでついてきたのはおまえ自身だ。今さら待ったは聞かない」

「放せ！　私の上からどけ、無礼者！」

肩を押し上げ、胸板を叩いてくる手を、重貴は余裕で摑み取り、頭上で一纏《ひとまと》めに押さえつけた。細い手首をシーツに縫い留めるには片手で十分だ。そうしておいて重貴は、もう片方の手で胤人の襟首からネクタイを解いて引き抜くと、あっという間に両手首を縛り上げ、寝台の頭板の欄干《らんかん》に括《くく》りつけた。

「こんな、こんなこと、許さない！　放せよ！」

「素直にならないおまえが悪いんだろう。土壇場《どたんば》で前言を翻《ひるがえ》すような恥知らずには、このくらいの罰は必要だ。悪いが、俺も決して気の長いほうじゃないんでな」

万歳《ばんざい》をする形で無防備な姿勢を取らせた美貌の男が、憤りと恥辱に顔を歪め、身を捩《よじ》る姿は、強烈に淫猥だった。ぞくぞくする。胤人が抵抗すればするだけ重貴は高ぶった。

ベストの前を開かせ、シャツの釦《ぼたん》を上からひとつずつ外していく。

「や、やめて、千葉」

胤人はどうにかして手首の縛《いまし》めを解こうと踠《あが》いていたが、動かせば動かすほど結び目はきつくなる。

「こういう形で私を征服できると思うのは間違いだ。きみはもう少し冷静で、誇り高い男かと思っていた」

「あいにくと、庶民の俺はおまえたち華族のように無益な見栄は張らないんだ。俺は今、無性におまえが欲しい。ほら、これがわかるだろう？」

重貴は股間の高ぶりを胤人の太ももにぐっと押しつけ、硬さと大きさを思い知らせた。

ひくっと胤人が喉を喘がせ、顔を横に倒す。唇は覚束《おぼつか》なげに震えていた。

「そんなに怖がるなよ」

ぷつり、とベルトのすぐ上の釦を外し、ベルトを緩める。

ズボンの中からシャツの裾を引き出して前を全部はだけさせると、想像通りに白くてしなやかな体が露になった。

「俺はおまえを可愛がりたいだけだ」

肉付きの薄い胸に指を這わせながら重貴はいささか調子のいいことを囁いた。まったくの嘘ではないが、本音はむしろ、屈辱を与えて膝を折らせたい気持ちの方が勝っている。他の人間の前ではどれだけ取り澄まして清廉《せいれん》潔白なふりをしていても、二人だけのときには重貴の言いなりになって跪かねばならない高貴な男――想像するだけで血が滾《たぎ》る。二人だけの秘密を持つことに、重貴は大いなる悦びを感じた。卑怯と誹《そし》られようが痛くも痒《かゆ》くもない。

「私は本当に、脅されなくてはいけないようなことは何もしていない」

「そうかもしれないが、俺には事実など関係ないことだ」

胸の左右にある小さな粒を爪の先で軽く引っ掻く。

びくっ、と肩が揺れ、尖った顎が仰《の》け反《ぞ》った。ひどく感じやすい体をしている。それでも唇を噛んで声は漏らすまいとする強情さが、ますます重貴の獣性を煽った。

「体面、守りたいんだろう?」

「このまま野卑な行為を続ける気なら、私はきみを一生軽蔑してやる」

「しろよ。せいぜい俺を憎め。俺はおまえの体だけ好きにできればいいんだ。心まで求めるつもりはない」

「なら、もう、勝手にしろ……」

顔を背けたまま胤人は諦観《ていかん》に満ちた溜息をつく。どうあっても重貴が気を変えそうにないとわかり、ついに覚悟を決めたようだった。

「私も男だ。孕《はら》ませられるわけじゃないし、一晩で忘れてやる」

「ははは。気の強いお姫様だ」

忘れられるものなら忘れてみろ。重貴はますます胤人にきっちりと自分を刻み込み、思い知らせてやらなければ気が済まなくなった。初めてだろうが容赦しない。そんな気持ちになる。

なめらかな肌を手のひらで撫でて堪能する。

指先が少しでも乳首を掠めると、胤人は面白いくらい敏感に反応し、色っぽい息を吐いた。一度快感を教え込むと、なし崩しに堕ちてくる危うさを感じる。これまでは、性に対する脆《もろ》さを潔癖でいることで無意識のうちにごまかしてきていたのだろう。その守りを剝ぎ取られた後の胤人がどうなるのか、重貴は見たかった。

刺激に弱い乳首に舌を這わせる。

「ああ……っ、う」

周囲から掘り起こすようにして中心を嬲《なぶ》ると、小さかった粒がつんと硬くなって尖り出てきた。そこを唇で挟み、きゅっと強く吸い上げる。

「ん…んんっ、……いやだ……」

胤人が堪らなそうに首を振る。

さらさらした髪がぺしゃんこの枕に散らばって乱れた。あられもなく衣服を崩し、両手を括られて悶《もだ》えていても、品のよさは崩れない。

唇だけでなく指も使い、交互に左右の胸を弄って責めた。

「……い、たい……もう痛い」

本気で辛くなってきたらしく、胤人の身動ぎの仕方が激しくなってきた。腰から下は重貴が体重をかけているのでほとんど動かせない。不自由ながらも唯一動かせる上体を揺するたび、寝台がギシギシと軋んだ。

「痛くても感じるんだろう？」

「か、感じない！」

「嘘をつくな」

重貴は胤人の腰に手をやり、ズボンの上から下腹の膨らみを摑んだ。

ひっ、と胤人の口から喉を詰まらせたような呻《うめ》き声《ごえ》が出る。

「さっきよりずいぶん硬くなっているじゃないか」

「いやだ、ああっ、あ」

強く揉んでやると、胤人は腰を跳ね上げ、顎をぐっと仰け反らせて全身を突っ張らせる。薄く開いたままにした唇からは熱っぽい息を忙《せわ》しなく吐く。一番感じる部分を慣れた手つきで扱《しご》かれるのだ。じっとしていられなくても無理はない。重貴は泣き所を巧みに責め、とうとう胤人に涙を零させた。

「直に触ってくれと俺に頼め」

そうすれば楽にしてやる。

重貴の誘惑に胤人はもう抗う気力をなくしていた。

「…触って……」

蚊の鳴くような声で言う。

「やっと協力する気になったようだな」

重貴が意地悪くからかっても、胤人は唇を嚙みしめただけで、反論しなかった。涙の筋の残る頬を枕に押しつけ、小さく嗚咽《おえつ》を洩らす。

ちょっと胸にくる頼りなさ、儚《はかな》さがあった。

並外れた美貌の男が、自分ではどうしようもない状態に置かれて苦悶《くもん》する姿には、倒錯的な快感を覚える。こんな気分になるのは初めてだ。

しかし、ここで絆《ほだ》されては元も子もない。

重貴はあえて胤人に冷たく当たった。

「腰を浮かせろよ」

ズボンを下ろす際に声をかけると、胤人は渋々ながら従った。しっかりと瞼を閉じている。雄の欲望を露にして迫ってくる重貴を見るのが怖いようだ。

ネオンの明かりがちょうど胤人の体に落ち、硬質な白い肌を彩り照らす。

全部は脱がせなかった。わざと膝で止める。その方が胤人にはより屈辱的に違いなかったからだ。重貴は胤人をとことん追いつめてやりたくなっていた。情を感じたが最後、こんな行為は続けられなくなる。それがわかっていたから、必要以上に胤人を傷つけ、憎まれようとした。

剝き出しにさせた下腹に視線をやる。

「意外と立派だな」

「やめろ…」

「男同士だろう。なにを恥ずかしがる必要がある」

「でも、きみには言われたくない」

胤人はまだ頑なに目を閉じている。

それが無性に重貴の癪《しゃく》に障《さわ》った。この場の成り行きに屈して諦めた様子でいながらも、だからといってすべてを明け渡すわけではないという胤人の心根を表しているようで、すんなり堕ちてこない強情さにむかむかとしてきたのだ。

「俺の顔を見ろよ、胤人」

手荒に顎を摑んで首を正面に向かせる。そのまま華奢《きゃしゃ》な骨が折れるのではないかというほど強く締めつけた。痛みに堪えきれなくなったように胤人が瞼《まぶた》を開き、怒りに燃えた瞳を向けてきた。

「案外、まだ懲りていないようだな？」

「いいから、早く済ませて私の上からどいてくれ！」

「ふん」

どこまでも強気な態度を崩さない胤人に、重貴はこれまでになく残酷な気分になった。

「いいだろう。仰せのままに、だ」

そのとき胤人に近づけた重貴の顔にも赤い光が当たった。

おそらく重貴は恐ろしく冷酷な顔つきをしていたのだろう。

敷き込み押さえつけていた胤人の全身がビクリと震え、濡れた瞳に怯えが浮かんだのを、重貴は見逃さなかった。

弐《に》

ひんやりした感触が額に当たり、胤人《つぐと》はうつらうつらしかけていた意識をふっと覚醒させた。

窓の外は真昼の明るさだ。天蓋《てんがい》の陰に頭を置いていたので、少しも気づかなかった。

「お起こししてしまいましたか、兄上」

瞼を開けた胤人に頭上から声がかけられる。

「宗篤《むねあつ》……？」

「すみません。寝苦しそうになさっておいででしたので、熱でもあるのかと」

枕元に腰かけ、広い寝台の中央に横たわる胤人の上に斜めから身を屈《かが》めてきた宗篤は、少しばかり気まずそうに言い、手のひらを離した。

日頃から何かと劣等感を刺激されているひとつ違いの弟が部屋を訪れており、あろうことか寝顔を見られていたのかと思うと、胤人は狼狽《うろた》えた。実の弟とはいえ、胤人は宗篤が妙に苦手だ。落ち着き払った態度や聡明な目つきに対峙《たいじ》すると、心の中をすべて見透かされているような心地がして、平静でいられなくなる。優しくて思いやり深く、よくできた弟だと認める一方、それは表層だけしか見ていないのではないか、腹の奥にはもっとしたたかで野心に溢れた面を潜ませているのではないかと、根拠もないのに漠然とした不安に駆られることがある。幼い頃から一緒に育ってきた者の勘だろうか。決して温和《おとな》しく従順なだけの羊ではないことだけは確かだ。

体中が熱っぽく、怠《だる》い。

不意に、昨晩の酷い経験が怒濤《どとう》のごとく頭の中に押し寄せた。

——標本にされた蝶《ちょう》のように寝台に縫い留められ、衣服を乱され、腰を抱え上げられたかと思うと、容赦なく欲望の塊で深々と貫かれた……。

思い起こしただけで「ひっ」と情けなく喉が鳴りそうになり、全身に冷たい汗が噴き出る。もしやすると、うなされて、聞かれたくない言葉を譫言《うわごと》に口走ったかもしれない。目を覚ます直前まで、追いつめられる夢を見ていた覚えがある。起きた途端どんな夢だったのかは不思議なくらいすっと忘れてしまい、今はもう思い出せないが、あんな悲惨な目に遭わされた後だから、悪い夢を見なかった方がおかしいくらいだ。

胤人はこわごわと、探りを入れる眼差しで宗篤を見上げた。

気のせいか、きりりと引き締まった浅黒い顔が、微かに困惑した色を浮かべる。

不安に駆られた胤人は、じっと横たわっていられなくなった。枕から頭を浮かして起き上がりかける。その途端、腰の奥深くから重苦しい痛みが背筋を這い上ってきた。胤人は咄嗟《とっさ》に声を噛み殺せず、「うっ……!」と苦しげな呻き声をたてた。

「だ、大丈夫ですか！」

「なんでもない」

心配して腕を伸ばしかけてきた宗篤を、胤人は顔を背けてぴしゃりと遮《さえぎ》る。心に疚《やま》しさを隠しているせいか、必要以上に冷淡な言動をしてしまう。これではかえっておかしいと気づかれかねなかったが、ことがことだけに、胤人もなかなか平常心を取り戻せずにいた。

「昨晩の酒がまだ残っておいでですか？」

宗篤が言葉を重ねる。胤人の機嫌がよくないことは承知しているはずだが、部屋から出ていく気配は見せない。

——酒？

思いがけない方向に話が進み、胤人は眉を顰めた。一瞬頭がついていかなかったのだ。しかしすぐに、昨晩重貴《しげたか》が胤人をここまで送り届けた際、胤人の具合の悪さを酒のせいにして、家人に説明していたのを思い出す。

もし胤人が、重貴に受けた屈辱を想像させるような譫言《うわごと》を口にしたのだとしても、宗篤の表情からはそれを耳にしたのかどうかの判断はつかない。「昨晩の酒が……」と聞くのが、そこはかとなく事情を察した上であえて知らん顔しているのか、それとも本気で重貴の言葉を信じているのかも、胤人にはわからなかった。

どう返せばいいのか悩み、不安混じりの顰《しか》めっ面《つら》を崩せずにいる胤人に、宗篤はふっといつもの余裕を取り戻した笑みを向けてくる。

「夕べは驚きました。普段滅多に酒を嗜まれない兄上が、おひとりでは歩けなくなるほど酔ってお戻りになるとは。千葉《ちば》様がご一緒で安堵いたしましたよ」

どうやら宗篤はこの線で話を進めるつもりでいるようだ。

胤人は気を取り直し、開き直ることにした。

「千葉は何か言っていたか？　私を送り届けてくれた後、すぐに帰ったのか？」

「ええ、それが。わざわざ兄上をお連れいただいたのですから、ぜひお茶でもと父上や母上共々お勧めしたのですが、今夜はもう遅いのでまた日を改めてと、固辞なさいました。兄上と飲んでいるうちに会話が弾み、時が経つのを忘れてしまった、そう強いようでもないのに飲ませすぎてしまい申し訳なかった――とおっしゃられておりました」

「それだけか？」

「はい」

わざわざ念を押す胤人に、宗篤は不可思議そうな顔をする。胤人は余計なことを聞いてかえってまずかったかと後悔したものの、今さら取り繕いようもない。深い意味はないのだ、というように素知らぬ振りをして、そっぽを向く。

「でも、たいしたことがなくて本当によかったです」

宗篤がしみじみと言う。

「千葉様に支えられてお戻りになったときの兄上のお顔、ぎょっとするほど蒼白で、表情も苦しげでした。医者は呼ばなくていい、と兄上が何度も頑なにおっしゃったので控えましたが、そのことは覚えておいでですか？」

「あ、ああ……もちろん覚えている」

確かに、ぼんやりとだがそんなふうに繰り返した記憶がある。とにかく体を診《み》られるのは避けなくてはと、疲れ果てて朦朧《もうろう》とした意識のうちでも強固に思っていたのだろう。

——重貴…。

じわじわと怒りや恨めしさが込み上げてきた。

またしても昨晩のことが生々しく脳裏を掠め、記憶を刺激する。

胤人の全身は悪寒を感じて小刻みに震え、強張った。そうして体を力ませると、腰の奥の恥ずかしい場所がずくりと痛む。寝台に身を起こすことはおろか、少し身動ぎするのも辛い。怪我《けが》はさせていないと重貴はぬけぬけした口調で請け合ったが、こんな酷い疼痛《とうつう》が生じるのだから、とうてい信じられない。しかし、胤人には自分で確かめる勇気はなく、ましてや主治医に診《み》せるなどとんでもないことだった。

両手の自由を奪われ、苦しい姿勢で押さえ込まれたまま、体の奥深くにまでねじ込まれてきた重貴の雄。猛々しくそそり立った熱いもので秘部をこじ開けられ、強引に突き進められたときを思い返すと、全身がざあっと粟立《あわだ》つ。

絶対に無理だ、やめてくれ、と恐ろしさのあまり哀願した。切羽詰まれば、どんな意地も誇りも紙切れのように軽々と吹き飛んでしまう。胤人は恥辱に死にたくなりながら、そのことを実感させられた。自分がこんなに脆《もろ》い人間だとは知らず、愕然としたものだ。これまで信じてきた自分というものが、足下から崩れていく気がした。普段は高貴な家柄の御曹司として下にも置かぬ扱いを受け、それがごく当たり前だと信じていたが、いざとなったら男ひとりはね返す力もない、ただの弱い人間なのだ。芦名の家名に守られていない自分が心許なく、怖かった。弱さを自覚させた重貴が憎らしい。

残酷な征服者の重貴には容赦などまるで期待できなかった。

本気で死ぬかと思った。恐怖と苦痛のあまり、途中で何度も意識が遠のきかけたほどだ。

『大丈夫だ、たっぷり濡らした。力を抜いて楽にしていれば、そのうち気持ちよくなってくる』

重貴はそんな勝手なことを囁きつつ、胤人の耳元に熱く弾んだ息を吹きかけた。

やりたい放題にして胤人を苦しめる一方で、長い指は始終髪やこめかみを撫で続け、まるであやすようだったのを覚えている。おかげで少し癒されたのは否めない。無茶なことばかりしているようでいて、案外理性はきっちり保っていたのだろう。ただいたぶられただけだったとは胤人も思っていない。

おまけに、認めるのは癪だが、苦しい体勢で犯されながらも巧みな手つきで己の前を弄《いじ》られているうち、胤人も苦痛の中に陶然とした悦楽を何度か感じた。自信たっぷりの重貴をますます調子に乗せるのが悔しくて、全然気持ちよくなどないふりをし通したものの、ときおり皮肉っぽい含み笑いを洩らしていたところからして、重貴にはすべてお見通しだったかもしれない。

厚顔無恥で傲岸不遜な重貴は、胤人の体を好きに弄《もてあそ》んだ挙げ句、最後はひとりで歩くのもままならなくなった胤人を自宅まで送り届け、飲ませすぎたなどと適当な説明をしたのだ。親友気取りの恩着せがましい行為だ。盗《ぬす》っ人猛々《たけだけ》しいとはまさにこのことだろう。それで父や母、弟にまで感謝されるなど、笑い話にも聞けない。そんな言い方をすれば、まるで胤人がだらしなく酔い潰れ、重貴に迷惑をかけたように受け取られるではないか。きっと父である子爵には軽蔑された。体調の管理もできぬ不摂生者と誤解されたに違いない。

悔しい。悔しい。腹が立つ。

胤人は枕を叩いて辺りかまわず投げ飛ばしたい気分になった。

「兄上」

傍らから控えめに声をかけられ、胤人ははっと我に返った。重貴への怒りで頭がいっぱいになっていて、まだ宗篤が枕元にいることを失念していた。

「さきほど失礼して額に触らせていただいたとき、少し熱があるようでしたが、本当に西埜《にしの》先生をお呼びしなくて平気ですか？」

「大丈夫だと言っている。おまえは、私のことを心配しすぎだ！」

胸に秘密を抱えたばつの悪さと、ばれたときのことを考えると気が気でないのとが合わさり、胤人の返事はいつも以上に邪険になった。体の具合がよくないせいで苛立ちやすくなっているせいもある。熱があるのは本当だろう。枕に押しつけた頭もずくずくと痛む。堪えられないほどではなかったが、鬱陶《うっとう》しい。ますます機嫌が悪くなる。

顔を背けて毛布を引き上げ、耳の上まで被ってしまう。

まるで拗ねた子供だ。これではどちらが兄かわからない。ふっ、と息を吐くついでのように笑った宗篤は、重貴より三つも四つも年上の余裕と貫禄があった。

「もう少し休みたい。出ていってくれないか」

二人でいるのが息詰まりになり、胤人はそっけなく言った。

「はい、兄上」

宗篤は従順だ。どれほど胤人が大人げない態度を取ろうとも、いつも懐深く受け止める。この宗篤の人間としての出来の良さが、胤人には自分自身の不出来ぶりを責められているように感じられ、無性に不愉快になることがある。それでわざと反発してしまうのだ。

宗篤が寝台から腰を上げた。

天蓋を掻き分ける寸前、宗篤はちらりと胤人に視線を流す。後ろ髪を引かれたような感じだった。その視線が、宗篤の大きな背中をたまたま見上げたところだった胤人とかち合う。

気まずさに胤人が視線を逸らすのとほぼ同時に、トントン、と扉を叩く音がした。

胤人より先に宗篤が「誰か？」と声をかけ、天蓋の外に出ていく。

続けて執事の馬渡《まわたり》が返事をするのが聞こえてきた。

加減の悪い胤人を煩わせまいとしてなのか、二人は扉を挟んで向かい合ったまま、ぼそぼそと低めた声で何事か話しているようだ。会話の内容までは、寝台に横たわる胤人の耳には届かなかった。

しばらくして、執事が「畏《かしこ》まりました」と言って立ち去る足音が聞こえた。

「なんだったのだ？」

二人が何を話していたのか気になった胤人は、宗篤をもう一度枕元に呼び寄せ、問《と》い質《ただ》した。

「馬渡は私に用事があって来たのではなかったのか」

「はい」

宗篤はさっき胤人に「出ていってくれ」と冷淡にあしらわれたことなど微塵も気にしていない

様子で、にこやかな笑みを湛えて応じる。

「千葉様が伸吾《しんご》さんとご一緒に、兄上のお見舞いにいらしてくださったそうです」

「えっ？」

予期せぬ返答に胤人は驚きを隠せなかった。

昨晩約束をすっぽかした楢崎《ならざき》が、こともあろうに重貴と連れだって訪ねてくるとは、どういうわけなのか。いや、それより理解に苦しむのは重貴の神経だ。昨日の今日で、どの面下げてのこのこと見舞いになど来られるのだろう。呆れるほかない。

「私は会わない」

今はどちらの顔も見たくなかった。ますます気分が悪くなりそうだ。

「はい。きっとそうおっしゃるだろうと思いましたので、馬渡に、お二方を応接室にお通しするようにと申しつけました」

「なに？　お帰りいただかなかったのか？」

「わざわざご足労いただいたのですから、玄関でお帰り願うのは失礼かと。まして、千葉様には昨夜大層お世話になりましたし」

「それで、おまえが相手をするつもりなのか、宗篤？」

「ええ、そのつもりですが……？」

胤人から尖った詰問口調で迫られ、さすがの宗篤も虚を衝かれたようだ。顔には、何かまずかったのだろうか、と困惑する表情が出ていた。

「仕方がない」

胤人は精いっぱい苦々しげに言い捨てた。

体の奥の痛みを堪え、どうにか上体を起こす。

「兄上、ご無理は……！」

「いいから、二人をこちらにご案内しろ。私が会う」

重貴を宗篤と会わせ、万一余計なことを口走られたらと思うと、胤人は気が気ではなかった。とても安穏《あんのん》と寝ていられない。男同士の性関係を持ったことは二人だけの秘密だ、と重貴は確かに言った。だが、果たしてその言葉をどこまで信用していいのか、胤人には定かでない。少しでも不安要素があるならば排除するのが身のためだと思えた。

胤人の真剣さが伝わったのか、宗篤はそれ以上は口出しせず、一度部屋から出ていった。

そして、十分ほどして戻ってきたときには、千葉重貴と楢崎伸吾を伴っていた。

芦名宗篤の後に続いて、片側だけ開かれた両開き扉をくぐり室内に足を踏み入れた重貴は、奥の天蓋つき寝台に青ざめた美貌を見つけ、ニヤリと唇の端を上げた。

胤人もじっとこちらを見据えている。

感情をなんとか抑える努力をしているらしいが、胤人から恨まれる覚えの山ほどある重貴には、瞳の奥に宿る怒りに嫌でも気づかぬわけにはいかない。

昨夜のようなことになっても、意地をなくさぬ自尊心の高い若様だ。重貴は揶揄と同時に一抹《いちまつ》の感嘆を覚えた。案外、胤人に憎まれるこの状況を、自分が愉《たの》しんでいる気もした。久々に心が高揚している。格好の暇潰し――それも、かなり上等の――を手に入れたときのようだ。

「やぁ、やぁ、芦名」

脳天気な伸吾の声が、二人の間の緊迫した空気を破る。

胤人の視線が重貴から逸れ、大きな寝台の上掛けに落ちた。顔も俯きがちになる。

重貴に続いて部屋に入ってきた伸吾が、重貴の傍らをすり抜け、寝台へと歩いていく。大仰に両腕を広げ、あえて声を弾ませた、媚びの窺える態度だ。昨日すっぽかしたことに多少なりと引け目を感じているらしい。とりあえず殊勝な態度で謝っておけばいいだろう、と考えているのがわかる。

「昨日はすまなかったな。急に従姉妹《いとこ》がやってきて、一家揃って帝国ホテルで食事をすることになってしまってさ」

「そう」

対する胤人は、とりつく島もない冷たい表情のまま、過ぎたことは最早《もはや》どうでもよいとばかりに短く応じる。重貴の目には胤人の細い全身から発する怒りの焔が見えるようだ。だが、鈍感で自分のこと以外には総じて無関心な伸吾は、まったく気づいた様子もない。寛大に聞き分けてもらえたとでも思ったようだ。もともと胤人が無愛想で口数の少ないせいもあり、普段とさして変わらない応答だと受け止めたのだろう。

「で、待ち合わせ場所には行ったのか？」

お調子者で、悪意はなくても人の悪さは持ち合わせている伸吾は、謝るだけ謝ると、早速胤人の反応を窺う興味津々の質問をした。

――さて、どう答える、お姫様？

腕組みをし、ゆったりとした歩調で二人に近づいていきながら、重貴は傍観者の立場で成り行きを見守ることにした。

背後でパタンと扉が閉まる。

重貴が広々とした部屋を奥へと入り込んでいくのを見届けると、宗篤は席を外したのだ。

「もちろん行った」

てっきり行かなかったと答えるのではと踏んでいたが、予測に反して胤人は硬い表情を崩さぬまま、抑揚を欠いた声で言う。相変わらず顔は伏せたままだ。

「なら、ちょっと驚いたんじゃないか？　誰にも声をかけられなかった？」

「店の中を一巡したが、きみの姿が見えなかったので、すぐに帰ったんだ」

「なぁんだ、そうか」

「……大通りまで引き返したところで、きみの代わりに千葉と会った」

感情を押し殺したまま淡々とそこまで喋った胤人は、唐突に首を伸ばし、重貴を見る。牽制《けんせい》を込め、なおかつ、これでいいんだろう、と自分のついた嘘に重貴の評価を求めでもするような、皮肉っぽい眼差しだ。

重貴は苦々しく微笑するほかなかった。強《し》いて言えば、すれっからしのふりをする良家の令嬢に、呆れると同時に面白みを感じるのと同じ気持ちだ。そういう態度は似合わないが可愛い。もちろん嫌いではない。悪くないと思う。——そんなところだろうか。

「ああ、それで昨日一緒だったのか」

伸吾が重貴を振り返る。少々軽薄な印象のあるおちゃらけた顔には、当てが外れた落胆が浮いている。家族ぐるみでレストランに出かけたと言うのが嘘か真実かはさておいて、もとより胤人を『黄昏亭』にひとりにし、周囲と胤人本人の反応をこっそり愉しむつもりだったのは確かなようだ。

悪趣味なやつ、と重貴は溜息をついた。

仲吾とは中等部時代からの腐れ縁だ。仲吾には昔から、こういう、ちょっと眉を顰めたくなる悪戯好きで浅はかな面があった。もしあのまま胤人を店にひとりで居させたら、どんな取り返しのつかない事態になったやも知れぬのに、想像力に欠けている。

富裕な家に育った者として、華族という特権階級に羨望とやっかみを感じる気持ちは、重貴にも理解できなくはない。金銭は運と努力次第で手に入れられても、華族の称号はそれとは別物だ。手に入らないならいっそ軽んじようとするのは、『狐《きつね》とすっぱい葡萄《ぶどう》』に通じる心境なのだろう。

もしかすると、重貴が胤人の取り澄ましぶりに苛立ち、昨夜のような暴挙に及んだのも、それと似たような気持ちからだったのかもしれない。華族だろうが庶民だろうがすることは同じ、どれほど気取って見せても、弄って扱けば濡れるし、気持ちがよければ息を乱して上擦った声で鳴く。感情がないような振りをしてお高くとまっていずに、さっさと認めて同じ高さにまで堕ちてこい――そんな激しい感情に突き動かされたせいにも思える。

「今度ちゃんと埋め合わせするからな、芦名。ほんと、すまなかった」

仲吾は馴れ馴れしく枕元に座り込むと、胤人の機嫌を取ろうと猫撫で声を出す。

「もちろん、ポーカーの負けはご破算だ」

そんな当然のことを言われても、胤人は頬の筋ひとつ動かさない。

お内裏《だいり》様のように白く繊細な顔をしていながら、本当に情の強《こわ》い男だ。端で見ていると、頑なに押し黙ったままの胤人を前に弱り始めた伸吾が、いっそ気の毒にもなってくる。悪いのは全面的に伸吾だが、役者は胤人が一枚上手なので、もうそろそろ口元だけでも緩めてやれよ、と思うのだ。

思ってから、重貴は自嘲した。胤人が不機嫌なのは、伸吾のせいではなく重貴のせいだ。それを棚に上げ、よくそんな思考になれたものだと、自分自身に呆れる。

宥めてもすかしても反応しない胤人に、とうとう伸吾は降参し、肩を竦めて離れてきた。

「重貴」

帰ろうぜ、と顎を扉に向け一振りして促される。

だが、重貴は首を振った。

「おまえ先に帰れよ、伸吾」

「どうして?」

「俺はこの後、芦名の弟と用事がある」

「用事って、なに?」

伸吾の言葉に前後して、寝台の方からもスプリングが軋む音がした。ちらりと横目で天蓋の奥を確かめる。重貴の発言を聞いていた胤人が、心中の動揺を隠せずに身を乗り出したのだ。重貴

は内心ほくそ笑んだ。感情を乱した胤人を見るのは興味深い。もっといろいろな表情が知りたくなる。

「たいしたことじゃない。単に茶飲み話に誘われただけだ。おそらく昨晩の礼を兼ねて、ということだろう」

ああ、と伸吾は納得した。

機嫌の悪い胤人に話しかけるのが面倒になっていたらしい伸吾は、暇乞《いとまご》いの挨拶もそこそこ、帽子を被り直すと出ていった。

部屋に胤人と重貴の二人だけが残る。

「いい部屋だな。さすがは芦名子爵家の跡継ぎの居室だけある」

スタスタと室内履き特有の足音をたてながら、木目の美しい床をゆったりとした大股で歩く。

「来るな」

寝台から怯えの混ざった甲高い声が投げつけられる。

重貴はフッと冷笑し、無視して歩を進めた。立派な安楽椅子と脚の低いテーブルの据えられた一角を通り過ぎる。家具が置かれたところには絨毯《じゅうたん》が敷かれていて、足音を掻き消した。

「それ以上、私に近づくな、千葉!」

「俺のことは重貴と名前で呼んでいいと言っただろう」

ひゅっと白い塊が飛んできた。羽根枕だ。力が足りずに重貴のいる位置までは届かず、手前の床にぼすっと落ちる。

落ちた枕を拾って脇に抱え、重貴はとうとう天蓋を掻き分けた。

寝台の上に半身を起こしていた胤人が、野生の獣に対したときのような怯えた目つきで重貴を見上げ、じわりと腰をずらして後退する。

「心外だな」

重貴は手にしていた枕を、布団を掛けた胤人の膝に乗るように投げやった。

胤人がびくっと全身を揺らす。相当昨日の仕打ちが精神的にも肉体的にも堪えたのか、重貴を恐れているのを隠す余裕もないようだ。

「そんなに怖がることはないだろう？」

さすがの重貴も、ここまで露骨に怖がられると、少しは優しくして気持ちを解《ほぐ》してやらなくてはいけない気持ちになった。

もともと決して胤人が憎らしかったわけではない。嫌いというのとも違う。単に、ときおり無性に苛立つだけだ。それは、胤人をよく知らず、理解できないからのような気がする。少なくとも今は、胸を張って合意だったとは言えないながら、肌を合わせた分、胤人がわかる。情も覚えていた。

寝台の縁に浅く腰かけ、足を組む。そうして胤人と向き合った。

「……頼むから、今日はもう帰ってくれないか……」

緊張しているせいか、胤人の顔色は優れない。声にも張りが感じられず、芯から参っているのがわかる。

重貴は胤人を驚かせないように気を遣い、そっと静かに腕を伸ばすと、青白い頬に手の甲を触れさせた。

肩を怒らせていた胤人が、少しずつ緊張を解いていく。

「こんなふうに弱って寝台に臥《ふ》しているおまえも色気があるな」

「誰のせいだ」

胤人は腹立たしげに言い、顔を逸らして重貴の手を振り払う。さっきまでのしおらしさが、いつの間にか半減していた。つくづく懲りない性格をしている。重貴は、苦笑を禁じ得なかった。

「重貴」

背けたばかりの顔を元に戻し、今度は少し躊躇いがちに胤人が口を開く。

「宗篤…いや、弟と、何を話すつもり?」

「さぁ。いろいろだろう」

わざと曖昧《あいまい》な答えを返す。胤人の狼狽ぶりが楽しかった。我ながら、たいがい性格が悪いのを自覚する。

はぐらかされた胤人は軽く唇を噛み、歯がゆそうな表情をする。

「心配しなくても、俺は口軽な男ではない。それに、自分の不都合になるかもしれないことをぺらぺら喋るほど軽率でも無謀でもないつもりだ」

重貴が言葉の裏で秘密は守ると仄《ほの》めかすと、胤人は目を見開き、本気かどうか見定めようと、じっと重貴を凝視してきた。よほど信用がないらしい。まぁそれも仕方がないと重貴は自嘲した。

「変なことを聞くが、おまえたち、腹違いなのか？」

深い意味はなく、ふと頭を掠めただけの突拍子もない疑問を投げると、胤人はあからさまに眉を顰めた。いいかげんな邪推は迷惑だとばかりに、つっけんどんに切り返す。

「誰がそんな根も葉もないことを？」

「そういちいち唇を尖らせるな。綺麗な顔が台無しだ。俺はただ聞いただけだろう」

「なぜ、私たちが腹違いではないかなどと思うんだ。そんなに似ていないか」

「似ていない……こともない。体格はともかく、目元と口元はそっくりだ。昨夜初めて顔を合わせたときもそう思った。弟も美男子だな。芦名子爵家は美貌の家系というのはまんざら腰巾《こしぎんちゃく》着たちのおべんちゃらでもないらしい」

「きみは、もう少し歯に衣《きぬ》着せて喋ることを覚えたほうがいい」

不愉快極まりなそうに胤人が言う。重貴は胤人の忠告を不敵に笑って受け流した。

「おまえも、俺に盾突《たてつ》くことより媚びることを覚えろ。その方が身のためだ」

胤人は眦を吊り上げ、重貴を睨みつけてきた。

「……まさか、あの一度で俺が手を退《ひ》くと思ったわけではあるまい？」

「嫌だ！　もうあんなこと、二度と断る！」

「なら、俺がこれからおまえの弟とどんな話をしてもかまわないわけだな」

「そんな…卑怯だぞ」

信じられないとばかりに胤人は声を震わせた。

「どうした。弟に対してえらく過敏だな？　もしや、押さえつけられて接吻《せっぷん》でもされたか？」

「ばかばかしい！」

胤人は即座に否定した。表情と態度からして嘘ではないと信じられたものの、重貴は思いつきで口にした言葉にしばし囚《とら》われた。胤人を見ていると、まったくあり得ない想像ではない気がしてきたのだ。宗篤とは、昨日、今日と短い言葉を交わしただけだが、ただの品行方正で穏やかな、兄思いの弟だと位置づけるには、瞳に力がありすぎる。あれは、腹に一物持つ策略家の目だ。普段は強い精神力で限界まで情動を抑え込めていても、いざとなればいくらでも熱情的で冷徹になれる男に違いない。

「おまえを弟になど渡せないな」

半ば本気で重貴は呟いた。

聞き咎めた胤人が「だから、私はっ……」と抗議しかけたのを、いきなり肩を摑んで自分の胸板に抱き寄せる。

「い、痛い……あっ！」

体の奥の痛みに呻く唇を乱暴に塞ぐ。

「うう……」

情動のままにした行為だった。

薄いが柔らかくて気持ちいい唇を堪能する。強く抱き締めているため胤人は逆らえず、腕にすっぽり包み込めるほど細い体を鳥の雛《ひな》のように震わせた。

口づけしながら髪に指を入れ、艶《つや》やかな感触を愉しむ。搔き上げるたび、うっとりするような花の香りがする。昨夜はなんの花の香りかわからなかったが、今、鈴蘭《すずらん》だと思い当たった。少し甘くて爽《さわ》やかな上品な香りは、胤人によく似合う。

湿った音を辺りに響かせながら、重貴は口づけに酔いしれた。

「やめて、……お願いだから、……んっ、う」

息継ぎのために唇を離すたび、胤人が弱々しく哀願する。本人は無意識かもしれないが、ぞくぞくするほど色めいた声、表情だ。細い指でぎゅっと重貴の上着の襟を掴むような、特に変哲《へんてつ》もない仕草にも官能を刺激される。次第に体が熱くなり、男の証《あかし》に猛った血が集まり始めた。

「このまま、押し倒そうか？」

「嫌だ」

胤人は本気で怯え、潤みきった瞳を不安げに見開く。口づけの名残で濡れた唇は頼りなく震えている。それでも、虚勢だけでこの場を乗り切ろうとする気の強さが、全身にあった。

「おまえも強情だな。もう少し素直な振りをすれば、俺も許してやる気になるかもしれないというのに、あくまでも逆らうつもりらしい」

「もう十分私を好きにしたはずだ。この上何をしろと求める？」

「とりあえず、普通に体が動かせるようになるまでは勘弁してやろう。怪我はさせなかったつもりだが、俺が初めてのおまえに酷だったことは確かだ。筋肉痛と腫《は》れが治まるまで待ってやる。ほら、今日はこれを届けに来てやったんだ」

重貴は上着のポケットから取り出した、丸くて薄い缶入りの軟膏《なんこう》を胤人に見せた。

「塗ると少しは楽になる」

「……本当？」

すっかり疑い深くなった胤人が、重貴を探るような目でじっと見る。

重貴は肩を竦めた。

「信じる信じないはおまえの自由だ」

突き放した語調にかえって真実味を感じ取ったのか、胤人は躊躇いがちにも薬を受け取った。

「胤人」

もう一度抱き寄せ、唇を塞ぐ。なぜか無性に胤人に触れていたかった。

「あ、……あっ」

胤人があえかな声を洩らす。

口づけしている間、胤人を抱く腕に我知らず力が入っていったようだ。気がつくと、きつすぎるほどに抱き竦めていて、重貴自身驚いた。情動のまま、体が勝手に動いたのだ。

強引で荒々しい口づけに、息を荒げ、頬を火照らせる胤人の顔や首筋に手の甲を押し当てながら、重貴は有無を言わさぬ強引さで決めつけた。

「明後日の夜だ。迎えの車を寄越す」

「……」

胤人は無言のままふいと首を倒し、諦観に満ちた溜息をつく。もう何を言っても聞き入れてもらえないと諦め、なるようになれと自棄《やけ》になったらしい。

重貴はやっと少し懐いた気位の高い猫を見る気持ちで胤人を眺め、この場は満足した。約束さえ取りつけておけば、誇り高い胤人は決して自分から反故《ほご》にはできない。重貴にはそれが確信できた。

言うだけ言い、したいようにして胤人に己の立場を再確認させた重貴は、あっさり胤人の傍らを離れた。

振り返って一瞥もすることなく室内を横切り、閉ざされていた両開き扉から廊下に出る。

「兄とのお話はお済みですか？」

突然、宗篤から声をかけられ、重貴はギョッとした。

扉のすぐ脇に、宗篤が肩で壁に凭《もた》れて立っている。感心するほど長い足を軽く重ね、胸の前で腕組みをした姿は、なかなか堂々としていて決まっていた。知的に整った顔立ちは、いかにも華族ふうにおっとりして見えるのだが、強い意志を感じさせる目に、一筋縄ではいかぬしたたかさが見え隠れしている。温室咲きの高価な華を思わせる兄とは違い、世慣れしていて簡単には御《ぎょ》せない雰囲気だ。年下でも侮《あなど》れない。

重貴は下腹に力を込めた。

宗篤が昨日から重貴に何か一言ある様子でいることは承知している。

「ああ。だいたいのところは」

含みのある視線を真っ向から受け止め、重貴はさらりとかわした。分厚い樫《かし》の扉越しに、中の様子に聞き耳を立てていたとも考えがたいが、何もかも承知していると言いたげな態度が引っかかる。自然、宗篤を見返す目に力が籠もった。宗篤の顔にも徐々に不遜な色合いが浮かび上がってきた気がする。

「昨晩のお詫《わ》びとお礼に居間でお茶でも差し上げたいのですが、いかがでしょうか?」

「ありがとう。しかし、せっかくのご厚意だが、今し方不意に用事があったのを思い出したので、お心遣いだけ頂戴《ちょうだい》し、このまま辞去させていただこう」

「そうですか。残念です」

宗篤はさして残念と感じているふうでもなく、あっさりと引き下がった。

玄関口まで重貴を見送りに立つ。

赤い絨毯を敷いた廊下を、肩を並べて歩く。互いに相手の力を推し量り、牽制し合うような緊迫感があり、お世辞にも心地のよい雰囲気ではない。

「兄上とは、あまり仲がよくない?」

思いきって重貴から開いてみた。宗篤が自分と同類なのか、それとも全然違う意味で敵愾心《てきがいしん》を持たれているのか、確かめたかったのだ。うまくすると味方にできるかもしれない。そんな計算もあった。

「私は兄を好きですが、兄は私があまり好きではないようです」

宗篤は他人事《ひとごと》のように淡々と答える。

「きっと、怖がられているのでしょう」

「怖がられている、ね……」

「隙あらば、と狙っていましたから」

あまりにも普通の調子で軽く言うので、重貴はうっかり聞き流すところだった。

ほぼ身の丈の同じ宗篤を、横目でじろりと見る。どういう意味かは聞かずともわかるが、本気かどうか知りたかった。

「兄も薄々私の気持ちを察しているのだと思います。意識して気づいたわけではなく、本能的に危ういものを感じているだけなのでしょうけれど。もっとも、実の兄弟なので、私もなかなか踏み越える勇気が出せなくて――どうやら、千葉さんに先を越されてしまったようです」

「なるほど」

要するに昨夜のことはすべて見透かされているわけだ。

重貴は腹を括り、潔く開き直ることにした。

「きみは俺が兄上を好き勝手に扱うのは不服だろうな?」

「まぁ、どうせなら、心のある方に奪っていただきたかったかもしれません。千葉さんはどちらかというと、遊びの域を出ていらっしゃらないようだ。兄も遊びと割りきれるならかまわないのですが、それほど器用な方ではないし、私などよりずっと初《うぶ》ですからね。もっとも、たぶん私には禁忌を犯すだけの度胸はなかったと思うので、他の誰かに奪《と》られてしまったこと自体は仕方がないと割り切っているのですが」

「信じられないほど達観しているな、きみは」

「さぁどうでしょうか」

宗篤はうっすらと、自嘲気味に笑う。

「……案外私は、あの綺麗な兄がめちゃくちゃに蹂躙《じゅうりん》されるところが見たいだけなのかもしれません。まっとうな結婚でご婦人方に渡すなんて勿体ないと、子供の頃から思っていたんですよ。自分で言うのはなんですが、兄に対して本当におかしな感情を持っていました。誰かが先を越してくれなければ、ずっとこんな気持ちを抱えていたのでしょうから、正直、千葉さんの出現には救われた気持ちですよ。感謝しています。昨晩、千葉さんに抱き支えられて帰ってきた兄を見て、私は妙に納得しました。お二人の雰囲気がひどく様になっていて、なかなかお似合いだと感じたので」

「本気なのか？」

「もちろん本気です」

宗篤はきっぱり言い切る。

「ですから、できれば、兄を遊びとしてでなく見ていただけたら、私はもっと千葉さんを好きになれると思います」

玄関口までやってきた。

執事と小間使いの女中が控えている。

二人は話をやめて口を噤んだ。

重貴は執事が着せかけてくれた外套《がいとう》の釦《ぼたん》を留め、女中が磨《みが》いて揃えておいてくれた靴に足を入れた。

「また寄らせていただくよ、宗篤くん」

「兄共々よろしくお願いします」

おかしな兄弟だ。実に退廃的で、ある意味非常に華族らしいとも言える。普通なら裏があるのではないかと疑ってかかるところだが、どうもそんな感じもしない。庶民とはいろいろ感覚が違うのだろうと思うまでだ。

——どのみち、俺は胤人を飽きるまで抱けたらいい。宗篤の思惑がどうであれ、関係ない話だ。

重貴は手にしていた靴篦《くつべら》を宗篤に差し出した。

「俺もそのうち本気になるかもしれないな」

靴篦を受け取った宗篤は、無言のまま軽く会釈する。

帰路に乗った車の中で、重貴は自分が別れ際に口にした「本気」という言葉が妙に気になって、ずっとそのことに思いを馳せていた。

もし、あの高貴な美貌の男に本気になったなら、どうなるのだろう。

どのみち胤人が重貴を許し、受け入れるはずもないのだから、さぞかし不毛で滑稽《こっけい》なことになるに違いない。

そもそも興味本位で脅して堕とした相手だ。

本気になるなど、あり得ない。

一旦そう結論づけても、重貴の思考はいつの間にかまた振り出しに戻っており、堂々巡りを続けるばかりだ。いつまでも執拗《しつよう》に胤人のことが頭から離れなかった。


二日後の夕刻、胤人は重貴が約束通り子爵邸に寄越した迎えの車に乗り、麹町《こうじまち》区《く》元園町《もとぞのちょう》にある千葉家の別邸に連れてこられた。

こぢんまりした平屋建ての日本家屋で、元は重貴の祖父の妾宅《しょうたく》だったところらしい。贅《ぜい》を尽くした住まいではないが、屏風《びょうぶ》や掛け軸、家財道具のあれこれに風流で雅な趣味が窺え、心地良く寛げる場所だった。

三味線《しゃみせん》の師匠《ししょう》をしていたというその女性が亡くなってからは、重貴の祖父の足も遠のき、今では重貴が気の向いたときに訪れる程度だそうだ。

胤人は腰の曲がった小さな老嬢の案内で、庭に面した八畳間に通された。

先に部屋にいた重貴は珍しく濃紺の紬《つむぎ》を着流している。畳の上に胡座《あぐら》を掻き、膝に抱えた三味線をばちでつんてんつんてん弾き鳴らしつつ、胤人を振り仰ぎもせずに「よお」と言った。

「座れよ、若様」

顎で示す座卓には、料亭から取り寄せたような色艶やかな料理が用意されている。器のひとつひとつからして大層な逸品揃いだ。

胤人は眉を寄せた。一体重貴は何を考えているのかと不可思議な気持ちになったのだ。てっきりまたどこかの安い貸部屋に呼ばれ、問答無用で寝台に押し倒されるものかとばかり思っていた。ところが、車の着いた先が、小さいながらも庭付きの風情のある家だったため、先ほどからずっと狐に抓《つま》まれたような、腑《ふ》に落ちない心地を味わわされている。先が読めなくて不安でもあった。

部屋の中は適度に暖かかったので、胤人は三つ揃いの上着を脱ぎ、座布団に正座して座卓に着いた。

胤人が腰を落ち着けると、重貴も適当に爪弾《つまび》いていた三味線を床の間の定位置に戻し、あらためて胤人の向かいに座り直す。

「加減はどうだ？　俺のやった薬は効いたのか？」

　きちんと居住まいを正して顔を合わせたかと思いきや、答えたくもないことを露骨に聞かれ、胤人はつんとして顔を背けた。怒ると自然に唇が尖ってしまう。自分でもみっともない真似をしている自覚はあるが、どうしても重貴に対しては意地が先に立つ。理性的になれなかった。

　非友好的な態度の胤人に、重貴は「ふん」と鼻を鳴らすと、行儀悪く座卓に肘《ひじ》を突き、髭《ひげ》を剃《そ》ったばかりのように手入れの行き届いた顎に手をやった。

「喉元過ぎれば熱さを忘れる、か。俺にそういう態度が取れるということは、薬は覿面《てきめん》の効果があったんだろう。兄思いの出来た弟が、毎晩優しくおまえのあそこを舐め、薬を奥まで塗り込めてくれたのかもしれないしな」

「勝手な想像をするな……！」

　からかわれているのだと承知していても、胤人は重貴の挑発に乗り、赤面して声を荒げた。あまりにも下卑たことを言うので、無視できなかったのだ。なぜ重貴がわざわざ宗篤を引き合いに出すのか理解できない。いったいどういう思考回路をしているのだと、頭を開いて中を覗いてみたくなる。

「せいぜい弟にまで手籠《てご》めにされないよう気をつけろ」

　重貴は胤人の抗議を無視した上、自分のことを棚に上げた厚かましい忠告をした。

胤人は呆れて返事をする気も起きなかった。世の中の人間は、すべからく自分と同じ価値観と嗜好を持っているとでも思っているらしい。

先ほどの老嬢が酒の支度を整えてくれたので、胤人は行きがかり上、重貴が強引に勧める杯《さかずき》を取らぬわけにはいかなくなった。辛口《からくち》の酒をなみなみと注がれ、飲まされる。日本酒にも洋酒にもそれほど免疫のない胤人の体は、たちまち熱く火照《ほて》りだす。

胤人は、きっちりと喉を締めつけていたネクタイを緩めた。それを向かいから重貴が目を細めて見つめている。視線を感じて顔を上げた胤人は、重貴と目を合わせて気まずくなった。見つめられるのは好きではない。綺麗と言われるのも、嬉しく感じたことはあまりなかった。

「なぜ、私をそんなふうに見る？」

ただでさえ会話が弾まず、重苦しい静けさが八畳間を包んでいたため、胤人はやけくそで重貴に聞く。これ以上雰囲気は悪くなりようがないだろうから、黙っていても話をしても大して状況は変わらないと思ったのだ。

「べつに」

重貴は短く答えると、手にしていた杯を口に運び、一息に酒を呷《あお》る。胤人とは対照的に、重貴はいくら飲んでも酔う気配がない。胤人の見たところ、態度にも顔色にも変化は窺えなかった。

あっさり一言であしらわれた胤人は、溜息をつき、縁側の硝子戸越しに見える庭先に目を転じた。すでに陽は落ち、辺りは暗かったが、小さな池の傍に置かれた石灯籠《いしどうろう》に蝋燭《ろうそく》が灯されていて、その周辺を中心に庭の中はぼんやり明るく照らし出されている。ハイカラな洋風の家で、芝生《しばふ》の庭に馴染んで育った胤人には、この純和風の造りが興味深く、見飽きなかった。酒や料理に手をつけるのもそこそこに、磨き込まれた黒板張りの縁側や、透かし彫りの施された欄間《らんま》などに見入ってしまう。

口数少なく差し向かいに座って半時ほど経った頃、徳利《とっくり》の酒が切れた。

タン、と音をさせて杯を卓に戻した重貴は、相変わらず素面《しらふ》と変わらぬ顔つきで、「おい」と胤人に声をかけた。

「風呂が沸いている」

湯浴《ゆあ》みをしろということらしい。重貴自身はすでに入った後のようだ。だから着物なのかと胤人は遅ればせながら気づく。

慣れぬよその家で風呂を使うことには抵抗があるが、嫌だと拒絶しても重貴には通じないに決まっている。脅したり賺《すか》したりされながら、最後は従わされるはめになるのだ。

どうせ結果は同じなら、煩わしいことは早く済ませてしまいたい。

この二日あまりの間に胤人は、本意ではないものの、すでに諦めの境地に達していた。一度抱かれたなら二度でも三度でも同じ。男だから決して孕みはしない。自分さえ気を強く持ち、凛《りん》としていれば、いずれ重貴も胤人がいつまで経っても思い通りにならないと悟り、つまらなくなって飽きるだろう。それまでの辛抱《しんぼう》だ。そんなふうに考えるようにした。

湯殿は八畳間の前の縁側を通っていった奥に位置し、洗い場も浴槽《よくそう》も真新しい檜《ひのき》で作られていた。檜は数年ごとに張り替える必要があると聞く。ここはごく最近改築したばかりのようだ。湯船に浸かると檜の清々しい香りがして、束《つか》の間《ま》であれ心が安らかになった。

重貴は風変わりな男だ。

こんな骨張った同性の体を抱いてどこが楽しいのだろう。

体躯《たいく》にも容貌にも過ぎるほど恵まれている。家は大層な資産家で、三男の重貴も成人すると同時に莫大な額の財産を分与されていると聞く。悠々自適の生活だ。当然、その気になれば男でも女でも引く手数多《あまた》のはずである。

「……物好きめ」

胤人がひっそり呟くと、まるでそれが聞こえたかのように、いきなり脱衣所との間の間仕切りが引き開けられ、着物を着たままの重貴が姿を現した。突然の乱入に胤人は驚き、開いた口から声も出せずに唖然と重貴を見上げた。

「湯加減はどうだ」

まるでここに来るのは当然の権利だとばかりの不遜な態度で洗い場に立った重貴に、胤人はようやく気を取り直す。重貴は裸足《はだし》で濡れた板を踏みしめている。鋭い視線が桶の中に固く絞って置かれた手拭《てぬぐ》いに向けられ、すぐにまた逸れた。

「もう体は洗ったらしいな」

「まさか背中でも流してくれるつもりだったのか？」

「たまにはそういうのもいいかもしれない」

「冗談だろう」

胤人は取り合わずにあしらった。

「俺がおまえに冗談など言うわけがなかろう」

重貴の目が細くなり、不穏な色を湛える。

「今までも、俺はいつもおまえに対しては本気だった。身をもって知っているはずだ」

じっと胤人を見据えてくる瞳が怖い。胤人は全身を強張らせ、湯の中で動けなくなった。

重貴は、紬の着物が濡れるのもかまわぬ様子で浴槽に近づくと、身を乗り出して胤人の二の腕を捕らえ、強い力で引っぱり上げた。

「重貴……！」

声が上擦る。怯えが出る。

湯の中を無理やり移動させられたせいで、湯船いっぱいに張られていた湯が大きく揺れ、縁からザアッと床に溢れた。重貴にもかかり、膝から下がびしょ濡れになる。袖《そで》や胸元もかなり色を変えていた。それでも重貴は平然としている。湯から引き揚げた胤人のぐしょ濡れの裸体を、洗い場の床に押し倒す。

「こんなところで！」

「どこで抱こうが俺の勝手だ」

重貴は情け容赦なく言い切る。

「嫌だ、絶対に！　離れろ、重貴。私の上からどけ！」

ほんの少しの手順を踏むのも惜しみ、欲情のまま好き放題される屈辱に、胤人は眩暈《めまい》がしそうだった。

なにが一番気に障るかというと、重貴自身が脱ごうともしないところだ。

前回は胤人の衣服も中途半端に乱しただけで、自分は挑む際になってようやく前を寛げた。今度も、全裸のあられもない姿になっているのは胤人のみだ。重貴は濡れると分かりきっていながら着衣のまま湯殿に侵入し、この場で手間暇かけずに胤人を抱こうとしている。無慈悲にもほどがある。ここまで冷たい仕打ちをされて、なおも感情のない人形でいることは、いかに胤人でも無理だった。傷つかずにはいられない。

嫌と叫んで逆らう胤人を、重貴は圧倒的な力の差で組み敷く。

そして唇に噛みつくような勢いで口づけし、胤人の抵抗を封じた。

「うう……う、……あっ」

顎を指の跡がつくほどきつく摑まれ、痛みに堪えきれず開いた口の隙間から、重貴の舌が滑り込んでくる。

「……や、っ……いや……」

湯気の立ち籠めた檜造りの湯殿に、自分のものとも思えない艶《なま》めかしい声が木霊《こだま》する。

淫靡《いんび》に湿った口づけの音が耳朶《じだ》を打ったび、胤人は死にたくなるほど恥ずかしく、狼狽えた。

耳を塞ごうにも両腕はぬかりなく背中の下に回して押さえつけられており、動かせない。

敏感な上顎の裏を舌先で擽《くすぐ》られた。

「ああ、あっ」

ぐっと頭を後ろに反り返らせる。

「嫌と言うのも初めだけ、だな」

重貴はわざとのように底意地の悪い発言をし、胤人の羞恥を煽る。

悔しくて、なんとかのしかかっている重貴をどかせられないかと、肩を動かし、上体をくねらせ、膝を立てようと必死になったが、体力を消耗するばかりだ。重貴はびくともしない。それどころか、逆に閉じ合わせていた太ももの間に膝を入れられ、割り開かれた。

「いやだ！」

初めてのときの苦痛と恐怖が胤人の頭にまざまざと甦る。

胤人はさっきまで押しのけようとしていた重貴の肩に顔を埋《うず》め、縋った。恐ろしさが自尊心を打ち壊し、虚勢を張り通せなくさせるのだ。こんなふうに負けるのは滅多にないことだが、治癒したばかりの最奥にまたあの痛みと恥辱を受けさせられるのかと思うと、なりふりかまっていられなかった。今更重貴に対し、このことで本音を隠しても意味がない。さんざん泣いて哀願し、助けてと縋りついた記憶も生々しい。今夜も覚悟はしてきたつもりだったが、いざとなると頭で考えるようには冷静に振る舞えなかった。

「せめて布団の上で抱け」

媚びるつもりはないのだが、どうしても声に慈悲を請う響きが混じる。

「何か違うのか？」

重貴はあくまでも胤人を困らせいたぶることを躊躇わない。淡々とした声で問い返し、ここだけは理性で制御できないのだと思い知らせるように、股間の高ぶりをぐいと押しつけてくる。胤人はますます青ざめ、息を呑んだ。

「むしろここの方が後始末も楽で、トメさんの手を煩わせずにすむ。堪え性のないおまえがいくら零しても平気だ。それに心配しなくとも、突っ込む前にはこの前みたいにちゃんと舐めて解してやる」

「そんなことじゃない」

わざと胤人の羞恥を煽るような言い方をする重貴に、胤人は目を怒らせた。

「痛い。痛いんだ」

実際に背中に回されたままの両腕は、酷く痛んで痺れている。

ああ、と重貴も気がついて、少しだけ表情を柔らかくした。体をずらして胤人の上体にかけていた体重を移動させ、下敷きになっていた両腕を解放する。

「……悪かったな」

板の継ぎ目に当たってできた跡が、柔《やわ》な白い腕にくっきりと赤い筋になっている。それを目にした重貴は、意外なほど素直に詫びてきて、痺れて固まった腕に一刻でも早く血が通うように擦ってくれさえした。

振り仰いで見た重貴の顔は端正だ。無駄なところはすべて削ぎ落とし、男らしい美しさを際立たせた作りをしている。そこに理知的な鋭い瞳を埋め込み、意志の強そうな眉と唇で表情をつけることで、千葉重貴という男の顔はできている。

これでもう少し理解しやすい人間なら、胤人ももっと早いうちから重貴に親しみ、打ち解けられたのかもしれない。間違っても今のようなおかしな関係にはならなかっただろう。

「どうした？」

ぼんやり重貴を見つめていた胤人は、からかうような眼差しとぶつかって焦った。

「な、なんでもない」

そう答えながらもみるみる頬が熱を持ってくる。

ふっと重貴が笑った。いつもの冷笑とは違い、心の奥で感じた純粋なおかしみが、思わず顔に出てしまったような、温かみのある笑みだった。

なんだろう、この感じ。

胤人は胸の奥にぽつんと灯った明かりを意識し、戸惑った。

重貴が再び顔を寄せてくる。

胤人は自然に目を閉じた。

唇が合わさる。粘膜を接合させたり離したりするたび、ちゅく、と官能を刺激する音がして、開かされた太ももの内側が引きつった。爪先にも力が入る。

「……あ、…んっ」

唇を強く吸われ、頭の芯がくらりとした。

なめらかな舌で口の中を舐め回される。嫌悪よりも気持ちよさが勝り、胤人は押しのけるべき胸に手を這わせ、さっき抵抗して揉み合ううちにかなり大胆にはだけてしまった着物の襟を、ぎゅっと握り締めていた。

重貴も、うなじの下から差し入れた腕で胤人の肩を抱く。

「接吻は好きか？」

陶然としている胤人に、からかうように聞く。もちろん胤人は返事をしなかった。好き、などと正直に答えたくない。かといって、嫌いと言うのは嘘だと自覚していた。

「ここ、尖ってるぜ」

遠慮のない指が、口づけで得た快感に反応してつんと硬くなった乳首を抓み、擦り上げる。

「あ、……あ、……あっ！」

びりびりとした刺激が苛められた胸から体中に伝わり、胤人は全身を震わせた。

下腹の中心が痛いくらいに張ってくる。

もう一方の乳首を舌先で弾いて舐められ、唇の間に挟んで吸い上げられると、体重をかけられていても腰が浮きそうになった。

さんざん乳首を弄って硬く膨らませた後、重貴は胤人の脇から下腹へ手のひらを撫で下ろした。

足の付け根に生えている茂みを掻き分けて、中心にそそり立つ陰茎《いんけい》を握る。

「こっちもこんなに硬くしているとはな」

「や、めて……」

「今やめたら困るのはおまえだろう」

先端を裏側から親指の腹できつく撫で回され、胤人は大きく喘いだ。

「あああっ、ああ」

「いっ、やだ……あ、あ、……んんっ」

剝き出しになった神経を直接触られるような感覚に、声を抑えきれない。この前よりもっと感じやすくなっている気がした。

強烈な刺激を受けて、小用の小穴からぬめった雫《しずく》が浮き出てくる。

重貴が勝ち誇ったようにほくそ笑む。これで嫌はないだろうと言わんばかりだ。

「いかせてくださいと頼め、胤人」

「なぜ私が！」

切羽詰まりながらも胤人は突っぱねた。これ以上の屈辱は絶対にごめんだった。

「言わないなら絶対にいかせない。根本を紐《ひも》で括ってしまうぞ」

強情を張る胤人に、重貴も淫猥《いんわい》な指の動きは止めないまま、情け容赦なく迫る。

胤人は断続的に与えられる刺激に息を弾ませ、重貴が本気かどうか探るため、涙で霞む目を合わせた。

「俺は本気だ」

重貴に先を越して断じられる。

「きみは、酷い」

「言えよ」

「いやだ」

胤人が頑固に首を振ると、重貴は忌々しげにチッと舌打ちした。

「本当に懲りないやつだな」

腰を取られて勢いよく体を反転させられる。

不意を衝かれた胤人は、短く驚愕の悲鳴を上げただけで、抵抗する間もなく俯《うつぶ》せで膝を立てた格好にされていた。焦って上げかけた頭を床に押さえつけられる。肩を落として腰を掲げさせられるという、惨めで恥ずかしい姿だ。

「じっとしていろ」

腰を抱くように前に回した手が胤人の股間をきつく握り込む。

「重貴!」

胤人は喉を喘がせ、床に爪を立てた。

「や、……めろ。……もう、たくさんだろう」

「俺に命令するな」

きゅっと硬く張り詰めたものを揉んで扱かれる。

「あ、あっ……あ、ああ」

的を射た愛撫に体が悦びを感じるのを止められない。腰が揺れ、内股が震えた。

「もっと足を開けよ」

好きなんだろう、もっと弄ってほしいだろう、と言葉で嬲られて、胤人はどんどん高ぶっていった。

啜り泣きを洩らしつつ、されるままに足の間を広げ、奥の秘めやかな部分さえ重貴に晒して差し出した。

重貴が窄《すぼ》んだ襞《ひだ》を二本の指で左右に分けてそこに顔を近づける。

熱い息を吹きかけられて胤人はおののいた。気の遠くなりそうなくらい恥ずかしい。濡れた舌を差し入れられたときには、あまりのことに頭の中が真っ白になって吹き飛んだ。

股間をゆるゆると弄ばれながら、後ろまで嬲られる。

いきたくても決定的な刺激は与えられずにはぐらかされ、次第に胤人は虚勢を張り続けていられなくなってきた。恥辱よりも早く楽になりたい気持ちが勝る。焦らされ続ける体も、もう限界だった。

「お願い。い、かせて……」

「聞こえないな」

やっと折れた胤人に重貴はさらに追い打ちをかけ、とことん貶《おとし》めようとする。

胤人は唇を嚙み、嗚咽を洩らした。

「重貴、もう……いかせてくれ」

「ああ。いかせてやってもいい。だが、さっき素直に俺の言うことをきかなかった罰だ。挿《い》れて突いてくれと頼め。俺が欲しいとおまえの口から言うんだ、胤人」

舐めて解された奥は、先日の無体な行為で受けた痛みを忘れたように、さらなる刺激を求めて物欲しげな収縮を繰り返す。胤人は自分の体の無節操さに驚いた。よほど重貴の愛撫が巧みなのだろう。雰囲気に流されているところもあるのかもしれない。恐怖より快感を期待する気持ちが強く、重貴など欲しくないと突っ張りきれなかった。

「ほら」

濡れそぼった着物の前をくつろげた重貴が、ぴったりと腰をくっつけてくる。

硬く屹立《きつりつ》した先端が、胤人の窄まりにあてがわれた。

熱と湿り気を感じただけで、淫靡な快感が頭の芯をぞくりとさせる。その上さらに、追い打ちをかけるように陰茎を扱かれた。

「ああ……！」

ひくっと喉が震える。

「い、挿れて、重貴」

とうとう胤人は負けて堕ちた。

勢いをつけて腰を突き上げられる。

「ひ…っ……あああ、あっ」

狭い筒の内側を擦り上げながら、猛ったものが押し込まれてきた。

胤人は激しい悲鳴を迸《ほとばし》らせ、涙を振り零しながら頭をのたうたせた。奥深くまで穿《うが》たれる苦しさから少しでも逃れようとして、前に這いずりかける。しかし、重貴に腰を抱え直され、乱暴に引き戻された。

「あ、あ…うっ！」

肌と肌がぶつかり、乾いた音が湯殿に響く。

重貴が腰を前後に動かすたびに胤人は切れ切れの嗚咽を洩らし、涙を抑えきれずに泣き続けた。

全身は燃えるように熱くなり、抜き差しされつつ扱かれていた前が限界になり、弾ける。

体が吹き飛んでしまうかと思うほどの悦楽に、胤人は淫らな嬌声《きょうせい》を上げた。脳髄がずうんと痺れるような感覚に、何も考えられなくなる。

「今度は俺の番だ」

背中越しに重貴が色気の滲む声で言う。
腰の動きが速くなった。
「ああっ、あ、あっ、いや……！」
いった直後で過敏になっている体を遠慮なく揺さぶられ、奥の奥まで抉《えぐ》られる。
胤人は身悶えし、許しを請うた。
しかし、重貴には通じない。
重貴が胤人の中に熱い飛沫《ひまつ》を吐き出すのと同時に、胤人は意識を失った。

参《さん》

倶楽部のビリヤード室で、諏訪《すわ》と楢崎《ならざき》を相手にナイン・ボールに興じていた重貴《しげたか》は、八番の玉をポケットに沈め損ねて軽く舌打ちし、楢崎と交代した。

壁際でキューの先端に青いチョークを擦りつけていた諏訪が、「残念だったな」と笑いながら重貴に声をかけてくる。それと同時に台の方から「よし！」という楢崎の満足げな声が聞こえ、ゴトンと八番の玉がポケットに落ちる音がした。

「どうやらこの勝負、伸吾《しんご》の勝ちみたいだな」

「ああ」

重貴は持っていたキューを壁に立てかけると、そっけない返事をする。いいところまでいっていたのだが、こと遊びとなると、楢崎には敵わない。昔から楢崎は、麻雀《マージャン》、ビリヤード、カードなどの遊技に目のない道楽者で、相当場数を踏んでいる。この熱意が医者として患者を診る方向にいくならば、楢崎医院の将来はさぞかし安泰となるだろう。そう思っているのは重貴だけではないはずだ。

「ところで、重貴」

九番の玉に狙いを定めてキューを構える楢崎から顔を逸らし、重貴の方を向き直った諏訪がふと思い出したように言う。

「きみ、最近とみに芦名《あしな》と一緒にいることが多いようだが、何か心境の変化でもあったのか?」

「べつに」

諏訪の口からいきなり胤人《つぐと》の名前が出て、重貴は内心どきりとしたが、持ち前の仏頂面ですげなくやりすごした。日頃から人間観察が趣味とうそぶいている男だ。そろそろ何か言われるのではないかとは思っていた。

「一度たまたま二人で話をする機会があってから、芦名も前より少しは俺と打ち解けられるようになったんだろう。神経質な男みたいだから、馴染むまで時間がかかるんだ」

「そう言えば、先週、尾張町《おわりちょう》でばったり会って潰れるまで飲んだらしいな」

「ふん。早速伸吾が喋ったのか」

「しかし、知らなかったよ。芦名がそんなに飲むとはね」

「いや、そうじゃない。正確には麦酒一杯でふらふらになっただけだ」

重貴はしゃあしゃあと適当なことを言った。

パーンと小気味よく玉を弾く音がして、「やった!」と楢崎が拳を握る。

得意満面で振り返った楢崎が「次のゲームを始めよう」と言いだす前に、諏訪がすかさず口を挟む。

「向こうで少し休もう。喉が渇いた」

年長の諏訪には一目置いているのか、楢崎はそうだねとあっさり肩を竦め、一足先にバーカウンターのある隣室に向かった。

楢崎がその場から離れると、諏訪は再び話を戻す。よほど胤人と重貴が気になるらしい。

「俺はてっきりきみたちは相容《あいい》れないのかと思っていたよ」

「今でもそれほど親密なわけじゃない」

「じゃあ俺の勘違いかな」

「何が？」

重貴は目を眇め、食えない男の飄然とした顔を見る。

瓜実顔《うりざねがお》に丸縁の眼鏡をかけた諏訪は、キューとチョークを所定の位置に戻すと、重貴の質問には答えず、「俺たちも向こうで一杯やろう」と言って歩き出す。

仕方なく重貴も後に続いた。

中途半端にはぐらかされて、気分がもやもやする。しかも、なんだか含みのある言い方をされた。

諏訪と知り合ったのは二年前、この倶楽部で頻繁《ひんぱん》に顔を合わせるようになってからだ。実際の年齢はひとつしか違わないのに、諏訪はどこか風変わりで常に冷静で、ともすると三十代以上のような大人びた雰囲気がある。二年付き合っても、まだまだわからない部分の方が多い男だ。

隣室に入っていくと、楢崎は飲み物を片手に別の男と立ち話している最中だった。相手はたまに見かける二十代後半の医者で、なにやら専門的な話をしているようだ。新米とはいえ楢崎もいちおう医師である。もっとも、普段はもっぱら、医師というより医者の息子という印象しか受けないのだが。

重貴と諏訪はカウンターでウィスキィのオンザロックを作ってもらうと、暖炉《だんろ》の脇の安楽椅子にそれぞれ腰を落ち着けた。

「碩徳《せきとく》」

うやむやにされたままになっている先ほどの会話の続きがどうにも気になって、重貴は自分から諏訪に話を振り直す。諏訪が思わせぶりだったのが引っかかり、このまま流してしまえなかったのだ。

「芦名のことで何か俺に言いたいことでもあったのか？」

「ん？」

諏訪はすぐには答えず、グラスを傾けて黄金色の酒をゆっくりと味わってから続けた。

「最近、芦名の雰囲気が変わったなぁと思っただけだよ。誰の、もしくは、何の影響かなと考えて、一番に思い当たったのがきみだ。ここのところ、よく二人で会っているそうじゃないか。以前はここで顔を合わせてもお互い滅多に口も利かないほどよそよそしく牽制し合っているふうだったのに」

「芦名の雰囲気がどう変わったんだ？」

「さぁ……なんというか」

諏訪はこめかみに中指を当て、親指の腹でつっと眼鏡の縁を下から軽く持ち上げる。思慮深い眼差しには、躊躇いや照れのようなものが浮かんでいるようだった。

「適切な表現ではないかもしれないが、妙に艶っぽくなったという感じかな」

「ああ」

重貴は思わずにやりとする。

その原因を知っているのは自分だけだ、という優越感が、出てしまったのだ。

同時に、諏訪がそれをどう重貴と結びつけたのか、気になるといえば気になった。さすがの諏訪も、まさか重貴が胤人を抱いているとまでは思ってないだろう。

「きみが彼に婦女子との付き合い方でも教授した？」

さらりとした調子で諏訪が聞く。

「どうかな」

重貴は口元を緩めたままシラを切った。

「きみも食えない男だね、重貴」

苦笑する諏訪に、重貴も「お互い様だろ」と返す。

諏訪との会話にはいつもちょっとした緊張感がつきまとうが、今回は特にその感じが強い。腹を探り合うような会話は嫌いではないものの、話題が胤人に関することとなると、酷いことをしている自覚があるだけに、あまり深入りされたくない気持ちが働いた。諏訪は決してお節介焼きではないが、重貴と違って基本的に常識人だ。恋愛感情から胤人を抱いているのならばともかく、脅して無理やり体を開かせていることを知れば眉を顰めるだろう。諏訪が介入してくると面倒だ。

重貴は慎重に諏訪と対した。

「まぁ、何があったにせよ、俺は最近の芦名の方が人間味が出てきたようで好きだな。ようやく血が通ってきた感じがしてさ。今の彼、ぞくぞくするよ。絵心のある人間なら、描きたい、と思うだろうな。知り合いの画家でとても魅力的な人物画を描くご婦人がいるんだが、彼女に芦名を紹介したいくらいだ」

「そんなに言うなら碩徳が描けばいい」

「俺は絵を売る側の人間だ。多少は嗜むけれど、俺の描く絵は趣味の域を出ない」

「そいつは残念だったな。碩徳が描くというのなら、芦名も知り合いのよしみでモデルになることを承諾したかもしれないのに」

「本気で言ってるわけじゃないんだろ？」

「むろん、冗談だ」

　重貴は皮肉っぽい笑みを浮かべ、グラスの底に残っていたウィスキィを呷る。

「俺の知る限り、芦名は相変わらず無愛想でプライドの高い、可愛げのない男だ。絵の鑑賞はしても、人から頼まれて絵のモデルになるなど、考えたこともないだろう」

「きみも人が悪い」

　呆れたように言って、ふと開きっぱなしになっていた出入り口に視線を伸ばした諏訪が、おやおやと目を細める。

「噂をすれば影だな」

　低めた声で諏訪に教えられ、暖炉に向かって右端にあたる位置に座っていた重貴もそちらに顔を向けた。

　ヘリンボーンの三つ揃いを着こなした胤人が、ゆっくりこちらに向かって歩いてくる。整いきった白皙には幾分逼迫《ひっぱく》した様子が窺えた。足取りもいつもより覚束ない。近づくにつれ、切れ長の瞳は潤みを帯びて黒々と光り、普段は青白く見える頬も今は熱を持っているかのように薄桃色に上気しているのがわかった。

重貴は心中密かにほくそ笑む。

ここに来る前、昼日中から胤人を元園町《もとぞのちょう》にある祖父の元妾宅『桔梗庵《ききょうあん》』に呼び、いつも以上に淫らな真似をした。懲りもせず強情を張って抵抗する胤人を押さえつけているうちに、もっと虐《いじ》めて泣かせたいという気持ちが募ったのだ。

両腕を拘束して、祖父が秘蔵している淫猥な道具を胤人に用いた。

そうしてさんざん無体なことをした挙げ句、毎回の約束事のように失神した胤人を寝間に残したまま、自分だけ先に倶楽部に向かったのである。

胤人は重貴の書き置きを読み、屈辱に震えながら、やむなくここに来たのだろう。

重貴と目を合わせた途端、胤人の瞳が激しい憤りに燃えたのを見逃さなかった。

「芦名」

扉の方を向いて腰かけていた諏訪が立ち上がる。胤人の様子がおかしいことに気づき、心配になったようだ。

「顔が赤いようだが熱でもあるんじゃないのか？」

「何でもない」

胤人は余裕を欠いた態度で普通以上にそっけなく答えると、わざわざ歩み寄って腕を差し伸べた諏訪を無視し、泰然と安楽椅子に座ったままの重貴の横に近づいてきた。

「……話がある。出ないか」

胤人の声は微妙に震えている。心と体の動揺をなんとか表に出さぬよう努力しているのだろうが、押し殺しきれなかったようだ。

「せっかく来たんだ、座れよ」

「私は時間がない」

「なら、さっさとひとりで帰るんだな」

重貴が情けのかけらも示さず冷淡にあしらうと、胤人はくっと喉を詰まらせ、震える指先でこめかみを触った。生え際がしっとりと汗ばんでいる。歩くのもやっとなのだろう。若様にしてはよく堪えていると感心した。

「おいおい。どうしたんだよ、おまえたち」

二人の間に漂う不穏な雰囲気を見かねたのか、さっき胤人にすげなくされたのを忘れたように諏訪が加わってくる。

「喧嘩でもしているのか?」

諏訪の介入は胤人にとってありがた迷惑以外の何ものでもないだろう。とにかく胤人は、一刻も早くここを出て、重貴と二人きりになりたいはずだ。重々承知しておきながら、重貴は話を長引かせるために、諏訪を振り仰ぎ、困った顔で笑ってみせた。

「いや？　若様は少々虫の居所がお悪いようだな。今夜、ここに来れば俺がお屋敷まで車で送って差し上げると約束していた。どこかで自分の用を済ませた若様は、今すぐ帰りたいとわがままをおっしゃっているだけだ」

「千葉、勝手なことを言うのは……」

「だがきっと、碩徳が勧めたら、椅子に座って珈琲《コーヒー》の一杯くらいお飲みになるんじゃないか？」

自分に都合のいいことばかり言う重貴に怒り、抗議しかけた胤人を、重貴は畳みかけるような口調で遮った。

「そうだな。きみは少し休んでから帰ったほうがいいようだ」

諏訪が思慮深い眼差しを胤人に注ぎつつ言う。胤人は諏訪から顔を背け、俯いた。見られるのが嫌だったのだろう。何もかも見透かすような諏訪の目を恐れる気持ちは重貴にもわかる。

「お座りよ。一息入れたら必ず重貴に送らせるから」

「芦名、碩徳も心配している。座れ」

重貴は弾みをつけて安楽椅子から立つと、おもむろに胤人の腕を取った。

ぎくりと身を竦ませて、胤人が重貴を見る。

――早く二人になりたいのなら、おとなしく言うとおりにしろ。

鋭い視線に含ませた重貴の言わんとするところを、胤人は間違えることなく受け止めたようだ。

諦め、艶のあるか細い息を吐く。

重貴は胤人の腕を引き、それまで重貴が座っていた安楽椅子の横の長椅子まで連れてくると、肩を押して座るように促した。

胤人は唇を噛み、躊躇いがちに腰を下ろす。

柔らかなクッションが体重を受けて胤人の体を沈み込ませる。

「……っ」

重貴の耳に届くか届かないかというくらいのごく小さな呻き声が、桜色の唇から洩れた。

ふん、と重貴も胤人にだけ聞こえるように鼻で嘲笑う。

「飲み物を頼んでくる。芦名、珈琲でいいよな」

胤人が座ったのを見届けた諏訪は、すたすたとした足取りでカウンターへと歩いていく。

ずっと唇を噛んだまま身を硬くしている胤人の傍らに、重貴は自分も腰を下ろした。

「辛いか?」

耳元に低く囁きかける。

「もう……たくさんだ……」

俯いたまま、はぁと乱れた熱い息をつき、胤人が怒った声を出す。

「もう少し辛抱しろ。せっかくサロンに顔を出したんだから、皆とお茶くらい飲んで歓談して帰らないと変だと思われるぜ。碩徳はすでに怪しんでる。うまく取り繕わないと、あそこで伸吾と立ち話している医者が診察しようと言いださないとも限らないぞ。体を見られたら困るだろう？ それとも、中のやつ、ここであの医者か伸吾に抜いてもらって楽になるか？」

「やめろ」

堪らなそうに胤人は頭を振る。

重貴はくくと忍び笑った。

どんどん追いつめられていく胤人には、激しく欲情をそそられる。酷だとわかっていながらも、ギリギリのところで突っ張ってみせる胤人をもっと見ていたいという誘惑に抗えない。

「あとで二人きりになったとき、たっぷり可愛がってやるよ」

辺りを憚《はばか》る声で言ったところに、ようやく顔なじみの医師との話を切り上げたらしい楢崎と、飲み物を運んでくれるようカウンターまで頼みに行っていた諏訪が、二人して戻ってきた。

重貴はさりげなく胤人との距離を空けて座り直す。

安楽椅子や肘掛け椅子、そして長椅子が据えられた暖炉前の一角を、いつもの顔ぶれ四人で囲む形になった。

「久しぶりだね、芦名」

悪びれることを知らない楢崎が、胤人の機嫌の悪さにも頓着《とんちゃく》せず、屈託なく声をかける。

胤人はつんとしたきりで返事もしなかったが、いつも大抵そんなふうだから、楢崎は特に気にした様子もない。本当は口を開くと喘いだり呻いたりしてしまいそうなので、頑なに唇を閉ざしたままでいるのだろう。それをはっきりと知っているのは重貴だけだ。諏訪は先ほどから考え深げな目をして胤人をちらちらと見やっているが、実際に口にする言葉は当たり障りのない内容ばかりで、特に何か胤人に対して感じているのかどうかは窺い知れなかった。

「芦名が来たんなら、今度は二組に分かれてビリヤードしようよ。今夜は俺たち以外に誰も台を使わないようだし」

「あいにくと芦名はもう少ししたら俺が送っていくことになっている」

遊ぶこととなると俄然《がぜん》張りきって積極的になる楢崎に、重貴は間髪《かんはつ》容れず返す。

「えっ、だって今来たばかりじゃない」

楢崎が目を丸くする。

「何しに来たの？」

もっともな質問だ。

「俺を探しに来たのさ。なぁ芦名？」

胤人はフイと重貴から顔を背けた。長い睫毛《まつげ》が小刻みに揺れている。一刻も早く席を立ちたがっているのが見て取れた。そろそろ我慢の限界なのだろう。

「へぇ……そう」

楢崎は鼻白んだような顔をして、今度は対面に座っている諏訪に声をかけた。

「じゃあ碩徳と僕の二人で続きをすることになるわけだ。碩徳、まさかきみまで帰るとは言わないよな？」

「もちろん。きみに勝つまでは今夜のゲームを途中放棄するつもりはないね」

「そうこなくっちゃ！」

たちまち楢崎は弾んだ声を出す。

「それじゃ、俺たちはそろそろ失礼するよ」

重貴はちょうどいい潮時だと判断し、「芦名、帰ろうか」と胤人を促した。胤人の前に置かれた珈琲は手つかずのままだ。諏訪の視線がちらりとそれに走ったようだったが、諏訪は胤人が無言のまま立ち上がっても引き止めなかった。

「気をつけて帰れよ」

代わりに穏やかな声でそう言っただけだ。

「ああ。またな、碩徳。伸吾も」

「おやすみ、重貴」

楢崎もあっさりと返す。さっき無視されたのが不愉快だったのか、胤人には何も言わない。

胤人と連れだってカフェルームを出る。小さめのカフェルームの手前は広々とした談話室で、そこから幅広の階段を上がって二階の読書室に行けるようになっている。

深紅の絨毯が敷き詰められた談話室を横切り、段差の低い階段を二つ下りると、表通りに面した出入り口の両開き扉があるホールになる。

重貴は大理石でできたホールでいったん足を止め、背後から歩きづらそうな足取りでついてくる胤人を待った。

白い頬がますます赤らんでいる。

まったく、男を挑発する色気を持った男だ、と重貴は思った。なるほど、こういう男を兄に持った宗篤の心境も理解できなくはない。

「馬車と自動車、どっちがいい？」

なんとか重貴の傍らまで来た胤人に意地悪な質問をする。

「……自動車」

少しでも揺れの少ない方を選んだ胤人に、重貴はニッと唇の端を吊り上げて応じる。

「馬車にしよう」

カッとなった顔で胤人が重貴を睨みつけた。

「だったら、最初から聞くな」

絞り出すような声で恨めしげに言う。

「罰だ。せっかく碩徳が頼んでくれた珈琲に、おまえは手もつけなかった」

「もういい」

胤人は首を振り、やけっぱちになった感じで突っぱねる。

重貴はそんな胤人をせせら笑うと、表に出て街灯の下で客待ちしていた辻馬車に手を振り、呼び寄せた。


――『桔梗庵』の八畳間。

肩を落として膝を立てた四つん這いの姿で、胤人は重貴の前に高々と腰を掲げさせられた。全部脱がされた上でのことだ。それだけでも十分屈辱的で恥ずかしく、布団に押しつけた頬が火照って熱い。なぜこんな扱いを受けなければならないのかと狂おしい気持ちがする。こうして重貴にあられもない姿をさらけ出し、いいように弄ばれ続けていると、胤人はそのうち自分が自分でなくなりそうな気がして怖くなる。

「いい格好だな」

剝き出しになった尻の肉を、重貴に両手で鷲摑《わしづか》みにされ、撫でたり揉まれたりして揺すられる。

そのたびに狭間の襞まで引き伸ばされて、しっかりと銜《くわ》え込《こ》まされた異物が動く。ちょうど奥の感じやすい部分に先端をあてがう形で挿入されているため、些細な振動が加わっただけでも悶絶してしまうほど感じるのに、こんなふうにされたら堪らない。

「や、……やめてっ、……ひ、あ、あああ」

脳髄《のうずい》を貫かれるような刺激に胤人はシーツを握り締め、我を忘れて泣き喘いだ。

「さっきは馬車の中で感じまくっていたようだな」

重貴の指が、前方で高ぶり、揺れている茎を摑む。

指の腹で先端の濡れ具合を確かめられた。

「節操なしめ。あれだけ下着を汚しておいて、まだ漏らすのか」

「ああっ、んっ」

敏感な裏側を擦られ、胤人は内股を引きつらせた。

体に直接与えられる刺激もさることながら、下品な言葉で責められることにも官能を揺さぶられ、高ぶってしまう。堕ちるまいとしても、強烈な快感に抗えない。自分がこれほど脆いとは思いもしなかった。重貴の吐く息にも感じる。うなじに熱い息を吹きかけられると、背筋がぞくぞくし、顎が震えた。

重貴は陰茎を弄るだけでは飽きたらず、胤人の胸にも手を伸ばしてきた。

「こっちも硬くなってるぞ」

凝《こご》った粒を思いきり強く抓んで捻られる。

「いやっ、んっ、うう……痛い、痛い！」

下腹を扱かれて身も世もなく悶えさせられるのは、男の性として避けがたいことだ。しかし、胤人はそこと同じくらい乳首を刺激されるのに弱かった。艶めいた声をあげずにはいられない。痛いと訴えながらも、声に甘い響きが混ざっているのを自分でも意識する。女ではないのにこんなところも感じるのか、と嘲られても、否定できなかった。顔から火の出るような恥ずかしさを覚えても、体の方はますます高ぶる。

「あっ、……あ、……やっ、…めて……」

引っ張ったり磨り潰すようにしたり爪で弾かれたりするたびに胤人は悲鳴とも嬌声とも取れる声を上げ身動いだ。

胸と一緒に緩く扱かれ続けていた陰茎の先端からは、新たな雫が浮き出してきたらしく、重貴の指の滑りがよくなった。

重貴の手がようやく乳首から離れた。

さんざん虐められた左右の乳首は、腫れたように熱を持ち、ずくずくとした痛みとも快感ともつかぬ感覚が、胤人の頭の芯を痺れさせる。

「ここは、今度またゆっくりかまってやる」

重貴はそう言って胤人をぞくりとさせると、身を起こして腰に手をあてがった。

「それにしても、結構あっけなかったな、胤人」

パシン、と尻タブを平手で叩かれる。

「ああ！」

淫具に振動が伝わり、胤人は艶めかしい声で喘いだ。

「もっと慣れるのに時間がかかるかと思っていたが、どうやらおまえは生来の淫乱だったらしい。閨房《けいぼう》での所作にはお華族様も平民も大差ないというわけか。それとも、おまえだけが特別堪え性がなくて淫らなのかな」

「…違う」

こんないやらしいことをしておきながら、さも胤人だけが貪欲のように言う重貴の厚かましさに、胤人は悔しくてたまらなかった。

誰のせいでこんなふうに悦楽を知る体になったと思っているのだ、と問い詰めてやりたい。つい十日ほど前までは、それこそ接吻のひとつも知らなかったのに。

「拗ねるな」

重貴はもう一度陰茎を弄りながら、さっき叩いた尻のてっぺんに唇を押しつけた。

「気取りたくった普段のおまえより、裸になって淫らな格好で喘ぐおまえのほうが、俺は数段好きだ。もっといろいろしたくなる」

くちゅり、くちゅりと湿った水音が耳朶を打つ。

「あ……や……っ、んんっ、ん……！」

「まだいくな」

強弱をつけた愛撫で高ぶりを翻弄され、いきそうになると寸前で引き留められる。

「勝手にいったらお仕置きだ」

「でも……でも、ああっ！」

淫《みだ》らな玩具《がんぐ》の底部にある突起に通された縄《なわ》をぐいっと引かれ、胤人は顎を浮かせて呻いた。狭い筒の内側を硬い玩具で擦られたのだ。

「もう、取って。お願いだから、重貴、……抜いて……」

底部の縄は左右の太ももの付け根をぐるりと二周して、腰にきつく巻き付けられている。結び目は特殊なもので、胤人には全く歯が立たない。それでやむなく書き置きどおりにサロンに出向き、重貴に従う以外なかったのである。

「感じてるんだろう？」

なおも底部を摑んで縄の許す範囲で小刻みに押したり引いたりしながら、重貴が底意地の悪い言い方をする。

「やぁっ、あああっ……、……めて、…やめてっ」

「抜いたら寂しくなって、大嫌いな俺のが欲しいと縋らねばならなくなるかもしれないぞ?」

そんなことはあり得ないと胤人は激しく首を振った。とにかく、一刻も早く解放されて楽になりたい。頭の中にあるのはそのことだけだ。もう何時間も体の奥をみっしりと塞がれていて、苦しかった。――ただ苦しいだけではなく、淫靡な快感に翻弄されて体中が熱くなり、息苦しい。器具など入れられてひとりで感じ悶える自分が、胤人には堪らなく嫌だ。はしたない自分を認めたくなかった。

「可愛げのないやつ」

チッと重貴が忌々しげに舌打ちする。

「いっそこのままお屋敷まで送ってやって、おまえの弟に縄の解き方を教えてやろうか?」

「やめろ、そんな!」

なぜここでまた宗篤の名など持ち出すのか。胤人は思わず、叫ぶような声で重貴に噛みついていた。宗篤に弱みを晒すなど以ての外だ。そのくらいなら、まだこうして重貴に嬲られている方がいい。こんな恥ずかしい姿を見せるのは重貴に対してだけだ。宗篤はもとより、楢崎にも諏訪にも絶対に知られたくない。重貴が二人だけの秘密だという約束を破るつもりなら、いっそこの場で舌を噛んで死んでやる。そうすれば、いくら非情な重貴も、少しくらい後味の悪い思いをするだろう。すればいい。

そこまで激高した気持ちで考えてから、胤人ははっと我に返った。

もしかして、自分は心の奥底で、重貴の気を惹きたがっているのだろうか……?

いきなりそんな可能性に思い当たったのだ。

——まさか。

胤人は自分の考えのわけのわからなさに失笑し、突拍子もない思いつきを頭の中から払いのけた。


「やめろ、そんな!」

宗篤《むねあつ》の名を出すと、たちまち胤人は狼狽して声を尖らせる。弟に対するこの過敏な反応が重貴には複雑だ。焦る様をいい気味だと思う反面、じりじりとした苛立ちを覚える。純粋に嫌がっているのか、それとも内心宗篤に惹かれていて、それを隠すためにわざと怒ったふりをするのか、微妙なところだ。

「そうだな」

なにもせっかく手に入れた高貴な華を、特に親しくもない男と共有する必要はない。重貴が宗篤を持ち出したのは、単に動揺する胤人が見たかったためで、本気で宗篤に胤人を任せるつもりなど最初から微塵もなかった。

「抜いてやるよ。約束だからな」

胤人が濡れた黒い瞳で重貴を見上げる。「本当?」と半信半疑の縋るような目で、重貴は思いがけず胸をぎゅっと摑まれた心地がした。どうやら疲弊《ひへい》して気丈さを保ちきれなくなっているらしい。意地を張り通すのも限界なのだろう。

こういう顔は本当に可愛いと思う。

重貴は汗で額に張りついた胤人の髪を払ってやり、赤らんだ頰に指を走らせた。

胤人の長い睫毛が揺れる。涙に濡れて重そうだ。

もっと感じさせて泣かせたい気持ちと、大事にして抱き締めたい気持ちが一緒くたになって湧いてくる。

いつの間に——?

重貴は自分が当初の目論見《もくろみ》から外れた欲望を持ち始めていることに気づき、愕然とした。

初めは確かに、好奇と揶揄、優越感や嗜虐性《しぎゃくせい》からくる、単なる遊技のはずだった。

そのうち本気になるかもしれない、と宗篤に言った言葉に、自分自身で暗示にかかったのか。

それとも優《まさる》に影響されたのだろうか。優は重貴にも真剣に好きになれる相手が現れればいいと願っていた。重貴は大きなお世話だという気持ちでまともに取り合っていなかったが、心の奥底では、優のように誰かに恋愛感情を持てたらと、羨ましがっていた気もする。

しかし、よりにもよって、芦名胤人に本気になるのはまずすぎる。

相手は羽振りのよい子爵家の御曹司だ。いずれは跡目を継いで子爵になるはずの男である。第一、無理やり脅して始めた関係を、今更「おまえに本気になった」などと告げても、胤人は質の悪い冗談としか受け取らないだろう。どう考えても見込みがないし、重貴自身、今さら胤人に参ったなどと弱みを晒して跪くのは、矜持が許さない。

一時の気の迷いだ。

重貴はそう片づけて、ちらりとでも胤人を抱き締めたいなどと思ったことを、心の片隅に追いやった。

複雑に結び合わされた縄目に手をかける。

結び目は瘤《こぶ》のように固まっていたが、解き方を心得た重貴にかかるとたちどころに緩み、細い腰や足の付け根から離れた。ずいぶん長いこと縛りつけていたせいで、白くてなめらかな肌に薄赤い線状の跡が残っている。なんとも官能を刺激する風情だった。知り合いの縄師に頼んでもっと本格的に縛り上げてみたらさぞかし映えるだろう。その際には派手な大振り袖でも纏わせ、胸板や太ももをちらつかせれば、好事家《こうずか》たちは舌なめずりするに違いない。そんなよけいなことまで考えた。我ながら悪趣味で淫蕩すぎるぞと、ひっそり苦笑する。

「縄は外したぞ。後はおまえが自分でいきんで出してみるか？」

「嫌だ。冗談じゃない！」

ただでさえ上気していた頬が、羞恥と怒りでますます赤くなった。

縄さえ外してもらえたなら後はもう重貴の前で従順にしている必要はないと思ったのか、布団に肘を突き、突っ伏していた上体を起こしかける。しかし、体勢を変えることで、まだ奥深く入り込んだ淫具に思わぬところを刺激されたらしく、「ひっ」と綺麗な眉を寄せ、横倒しになりかける。

「おっと」

重貴が全裸の細身を膝の上に受け止めた。

「急に動くな。尻餅でもつけば辛いのはおまえだぞ」

「……頼むから、もう……」

胤人の声がぐっと弱々しくなる。

可愛い。

重貴はまたそんなことを思い、屈辱に打ち震えている肩を手のひらで包み込むようにした。

「どれだけ私を辱めたら気が済むんだ……」

ついにがまんしきれなくなったらしく、胤人は重貴の脇腹に顔を押しつけ、『桔梗庵』に戻ってすぐ着替えた紬の布地をぎゅっと引き掴んで忍び泣きし始めた。

「おまえが強情だから、最後はいつもこんなふうに泣くはめになるんだろうが」

「最低だ」

くぐもった声で胤人がぽつりと言う。

確かに最低かもしれない。重貴は人ごとのように思い、自嘲した。「最低」と罵られても憤りは感じない。それどころか、少しだけそうでもないところも示してやりたくなる。おそらく、ここまで傷つけるのはやりすぎだと、後悔する気持ちが働いたのだろう。

重貴は紬の襟を無造作に左右に開き、両袖を抜いて上半身裸になった。

はっとしたように胤人が顔を上げ、今度はゆっくりと身を起こした。

「……んっ……く……」

それでも内側を擦られるのか、辛そうな声を洩らす。

「取ってほしければ、俯せになれ」

胤人は疑《うたぐ》り深そうな目でしばらく重貴を見つめていたが、やがて逆らうことに疲れたような溜息をつくと、布団に腹這いになった。

重貴は畳の上に立ち上がり、帯を解いて着物を脱ぎ捨てた。

ばさっと布地が落ちる音に白い背中がぴくりと震える。胤人は怖じけたことを隠すように、唇を噛みしめて目を閉じた。淫具を抜いただけでは許してもらえそうにないと覚悟したのだろう。

「腰を浮かしてみろ」

胤人の上に屈み込みながら命じる。

薄く肉のついた硬質な印象の尻が嫌々掲げられる。重貴は傍らにあった座布団を二つ折りにして、布団から浮かされている腹の下に押し込んだ。

そうやって腰を落とさせなくさせておき、頑なに閉じ合わせていた太ももを内側から大きく割り開く。

「ああ……っ」

「いい眺めだ」

「や、めて……」

重貴は胤人の股の間に身を置くと、すっかり開ききった尻の狭間の中心に突き立てられている木製の淫具に指をかけた。

台座を抓んでぐっと捻りながら引き抜く。

「ひっ……あ、……あああ」

胤人がじっとしていられない様子で頭を反らせる。

「すごいな。これだけぐっしょり濡れているのに、おまえの中が絡みついて抜かせないようにしているぜ。嫌だと言うのはやっぱり口先だけだったな」

「違う。早く、早く抜け、重貴」

「ふん。こんなときでも命令口調か。恐れ入る」

重貴は一寸ほど引き出したものをぐっと再び襞の中に押し戻す。

「ああっ！」

布団の上に爪を立てた細い指の先が色を失う。

「もう、いや……もう、もう、これ以上嬲られるのは、いやだ」

切れ切れに訴える声は涙混じりで、癇癪《かんしゃく》を起こしたようだった。息も荒く弾んでおり、覚束なく震える唇は思わず塞いで奪いたくなるほど頼りなげで、変に情欲を刺激した。

「そんなに泣くくらいなら、少しは立場を弁《わきま》えることを覚えたらどうだ。俺は年下から命令されるのが大嫌いだ。抜いてくださいと頼み直せ」

重貴はどうにか湧き上がる欲情を抑え、傲慢に言い放った。

桜色の唇がわなわなと震える。

吸いつきたい。また重貴は体の芯を熱くした。吸い上げて貪って、口の中の隅々まで舌で舐め回し、確かめたい。ごくりと喉が鳴った。股間はすでに猛々しく勃起《ぼっき》している。倶楽部に出かける前にあれほど何回も胤人の中に出したはずだというのに、再びその気になっている。

「ぬ…いて……ください」

聞こえるか聞こえないかという低い声が唇の隙間から零れ出る。それと同時につうっと新たな涙が筋になって頬を流れ落ちていく。屈服させられた悔しさから湧いた涙だろう。

重貴はふっと口元を緩め、胤人の背中に覆い被さるようにして上体を倒し、顔を近づけた。濡れた頬に口づける。

「いいだろう」

唇にも接吻したかったが、それは後からゆっくり堪能することにする。

ひくっ、ひくっと喉を喘がせ、嗚咽を漏らす胤人は、めったになく重貴の庇護欲を掻き立てた。自分で虐めておきながらおかしなものだ。プライドの高い胤人は極限まで追いつめられなければ弱みを晒さない。脅すか弱らせるかしなければ胤人を抱けないから虐めてしまう――案外それが重貴の本音なのかもしれない。重貴自身、唐突に思い当たった。つまりそれは、重貴が胤人を自分の腕に抱き締めたがっているということなのか。重貴は軽く首を振り、考えるのをやめた。そこから先に考えを進めると、困った結論に達しそうだったのだ。

深く銜え込ませた淫具をもう一度引っ張り出す。

祖父がその道の専門屋に依頼して作らせたこの玩具は、表面をつるつるになるまで磨き込み、漆《うるし》を塗って仕上げられたものだ。太さは親指を二つ重ねた程度、長さは六寸ほどだろう。その他の様々な秘蔵品に比べればかわいいうちに入る玩具だが、胤人には相当きついものだったらしい。それというのも、男根を模した茎の表面に、かなり溝の深い螺旋《らせん》状の巻きが底部から括れの真下まで彫り込まれていて、一度入れたらなかなか抜けないようにできているからだ。当然、引き出すときにも相応の刺激がある。

重貴は行燈《あんどん》の明かりに照らし出された室内で、昼間は男同士の性交など見たことも聞いたこともないというふうに澄ましきっている、上品で高貴な美貌の男が、恥ずかしい玩具を体の奥から引きずり出されて身悶えする様を、たっぷりと堪能した。

抜いた淫具を枕元の懐紙《かいし》の上に置く。

胤人は、ほうっと深い息を吐き、強張らせていた肩や背中を緩める。

「もう懲りたか？　いや、淫乱なおまえのことだ。案外気持ちよくて、またして欲しいと思っているのかもしれないな」

「勝手なことを……」

「どうかな。ここ、いい解れ具合だぜ」

つい今し方まで淫らな道具をねじ込まれていた襞を指で掻き分ける。

「あっ……あ、……う」

まだ濡れそぼったままの秘所は、簡単に重貴の中指を飲み込んだ。熱くてしっとりした粘膜が指を締めつけてくる。貪欲に、奥へ奥へと誘うように吸い込まれていく感触があった。根本まで入れて指を曲げ、内壁を押し上げる。あちこち触れていくうちに、凝《しこ》った部分を見つけた。そこを押した途端、小刻みに喘いでいた胤人が背筋を反り返らせるほど反応し、あからさまな嬌声を放った。

「ああっ、しないで。もう辛い」

「まだこれからだろ」

重貴は楽しげに言うと、指を抜いて窄まりに股間の切っ先を押しつけた。

「……お願いだから、酷くしないでくれ」

「ああ」

ぐっと腰を押す。

「ひっ……！」

胤人が体を硬くした。

「優しくするから力を緩めろ」

このままでは締めつけがきつすぎて奥に進めない。無理に突き上げれば怪我をさせてしまうかもしれず、重貴は胤人を宥めた。背中に唇を滑らせ、陰茎を柔らかく握り込む。萎えかけていたそこは、重貴が泣き所を心得た指使いで刺激してやると、たいして手間をかけずに硬く張り詰め直した。

「んんっ、……う、あっ」

胤人の口から甘い声が洩れ始める。

感じていることを隠して取り繕う余裕はとうに失っているらしい。

「もっとよくしてやる」

重貴は胤人の中をゆっくりと抉り進み、最奥まで己を挿入した。

「……あああ、あ」

感極まったように胤人が全身を震わせる。

重貴は胤人の乱れた髪を払いのけ、快感に溶けそうになっている艶めいた顔を覗き込む。

「よさそうな顔をしている」

胤人を感じさせているのだとわかると、重貴も一層高揚した。

横向きになっていた顔を、顎を捕らえて首が回る限り上向かせ、唇を吸い上げる。

胤人は意外なくらい従順に、無理な体勢での接吻に応えた。自分からも唇を動かし、重貴の口を吸う。お互いに相手を欲して交わす接吻は蜜のように甘かった。たぶん、こんな接吻は初めてだ。胤人はちょっと酔ったようになって、我を忘れているのだろう。でなければ自分から積極的に重貴の唇をまさぐってきたり、舌を絡めてきたりするとは到底思えない。

唇を離しても、頬や額、項に何度も口づけた。

そうしながら慎重に腰を突き上げる。

「ああ、んっ、あ、んっ……」

細くしなやかな体を揺すり立てられて、胤人は艶めかしく喘ぐ。

紅潮した横顔に黒くてさらさらした髪が乱れかかる。

絵のように綺麗だった。

なるほど、碩徳が絵心をそそられると言うのももっともだ。きちんと身嗜みを整えて背筋を伸ばしている胤人も禁欲的でぞくりとするが、こうして寝間で裸になり、同性である男に押さえ込まれて喘がされている姿は、何ものにも代え難く艶やかだ。

次第に胤人の息が上がってきた。

喘ぎ声も小刻みになってくる。

一緒にいきたい。重貴はそう思い、腰の動きを速めるのと連動させて胤人の屹立を扱き、吐精を促した。

「いやっ……で、出る……！　あああ、いくっ」

次の瞬間、胤人が嬌声を上げて布団に爪を立てた。

重貴の手が熱い飛沫で濡れる。

胤人はいくときに後孔をきゅうっと収縮させ、銜《くわ》え込《こ》んでいた重貴をきつく締めつけた。抽挿で悦楽の頂点付近まできていた重貴は、絞られるような刺激を受けてあっという間に達し、胤人の奥に快感の証《あかし》を叩きつけた。

「んんっ……く」

中で出されたのを感じたのか、自分自身の達した余韻に浸っていた胤人が、まだ整わない息の最中で低く呻く。

「胤人」

重貴は温かく湿った胤人の中から柔らかくなったものを抜くと、腰の下から座布団を取り去って胤人の体を仰向けに返した。

汗ばんだ体を正面から抱き締める。

また何かされるのかと恐れたらしく、最初は嫌がって腕を振り回し、抵抗しようとしていた胤人だったが、重貴がただ抱き締めるだけだというのを察すると、気持ちを落ち着けてじわじわと身を任せてきた。

「……それほど悪くなかっただろう?」

満たされきった表情で余韻に浸っていた胤人の様子から、今までになく高揚し、激しい法悦の中で射精したのだろうと見当をつけた重貴の問いに、やはり身に覚えがあるのか、胤人は頰を染めただけで、否定はしない。

こうして事の後で抱き合っていると、まるで好き合っている恋人同士のように錯覚する。

考えてみると、こんなふうにするのは初めてだ。

今夜は本当にどうかしている。

重貴は眉を顰めたが、すぐに胤人を離してすげなくする気になれず、迷いながらもしばらく抱いたままでいた。

寝ているうちに、いずれ情は出てくるだろうとは初めから予想していたが、どうもこの感情の高まり具合は、単なる情のひと言で片づけるには強すぎるように思えた。

まずい——気がする。

そろそろ潮時なのだろうか。

これ以上深みに嵌《はま》れば取り返しのつかない結果が待ち受けている予感がする。

重貴はようやく胤人を抱く腕を緩め、胸に凭れた顔を上げさせた。

いつの間にか胤人が眠りに落ちていたと気づいたのはそのときだ。よほど疲れきっていたのか、死んだようにぐったりとして息も静かに寝入っている。

「しょうがないな」

どうやら、今晩はここに泊めるしかなさそうだ。

重貴はそっと胤人の体を布団に下ろすと、頭を枕に載せ、毛布を引き上げてやった。

こんなふうに甲斐甲斐しく世話を焼くのは不本意だが、嫌だとも面倒だとも思わない。むしろ、穏やかで幸せな気持ちがする。

脱ぎ捨てた紬の着物を肩にかけ、行燈の明かりを消す。

そうして重貴は、うるさい音を立てぬように気をつけて、暗くなった八畳間を出た。

隣室の、やはり八畳間は、見事な彫りの座卓が中央に据えられた客間だ。この家に初めて胤人を連れてきたときに、向かい合って少々酒を飲んだ部屋である。

その部屋の柱時計を見ると、すでに午後十時を回っていた。

「トメさん」

襖《ふすま》を開き、低めた声でお手伝いの老嬢を呼ぶ。

割烹着《かっぽうぎ》姿の老嬢は、相変わらず海老《えび》のように腰を曲げながら、「なんぞご用でございますか」とやってきた。

「広尾《ひろお》の芦名子爵邸に使いをやって、家人に、ご長男は今晩当家にお泊まりいただく旨《むね》、お伝えしてくれ」

「へぇ。かしこまりました」

「ああ、それから、俺は今から少し飲むから、熱燗《あつかん》をつけてきてくれないか」

「さいですか。それじゃあすぐにご用意しますんで」

老嬢の小さな背中を見送った後も、しばらく重貴はその場にじっと立ちつくしていた。

頭の中が煩雑《はんざつ》になっていて、何からどう片づけていけばいいのか、にわかにはわからなくなっている。

——さて。どうしたものか。

考え込みながら、重貴は無意識のうちに唇に歯を立て、傷がつくほど噛みしめていた。

肆《し》

居間で本を読んでいてもなぜか集中できない。読んだ端から内容を忘れ、前に戻って読み直してはまた戻るという不毛なことを何度か繰り返した挙げ句、胤人《つぐと》はついに、ばたんと本を閉じてしまった。

「読書はもうおやめになるのですか、兄上？」

不意に斜め後ろから声をかけられて、胤人はぎょっとした。

「宗篤《むねあつ》」

いつからそうしていたのか、開け放たれたままになっていた扉の内側に、宗篤が肩を預けて腕組みした姿勢で立っている。

胤人は、宗篤に自分の行動を観察されていたような心地悪さを覚え、不機嫌な顔のままそっぽを向いた。

自分にかまわずどこかに行ってくれ、という気持ちだったが、宗篤はむしろ悠然とした足取りで胤人の元に歩み寄ってきた。

血を分けた兄弟なのに、宗篤と二人きりだと、胤人はたまにおかしなくらい緊張する。劣等感を刺激されるのであまり一緒にいたくないせいもあるだろうが、それ以上に威圧される雰囲気が嫌なのだ。宗篤の方がずっと体格がよく、同じ男として気後《きおく》れする。たまに過ぎるくらい心配性のところを見せて、胤人を貴婦人のように扱う態度も癪だ。

そんな胤人の心に気づいているのかいないのか、宗篤は胤人が腰かけている長椅子のすぐ横にある肘掛け椅子の背凭れに手をかけると、礼儀正しく「座ってもよろしいですか?」と断ってきた。

言えるものなら否《いな》と言いたいところだが、胤人はそっけなく頷いた。

弟を相手に怯える自分を認めるのが嫌で意地を張ったのだ。

裾の長い洒落た上衣をそつなく着こなした宗篤は、英国紳士のように決まっている。体型が日本人離れしているので洋装が非常に似合う。胤人の知る限り、こういう格好の良さを嫌みでなく自分のものにしている男は、他に重貴くらいのものだった。

肘掛け椅子に座ってゆったりと足を組み、両肘を突いて胸の前で手を組み合わせた宗篤を見ていると、まるで重貴《しげたか》を見ているような錯覚を起こし、胤人は一瞬だけ動揺した。慌てて宗篤から視線を逸らす。

今、重貴のことは考えたくなかった。

思い出したくもない。

もやもやした心をさらに掻き乱され、収拾がつかなくなりそうだ。

傍らに来た宗篤を無視して黙ったままの胤人に気兼ねした様子もなく、宗篤の方から話しかけてきた。

「ここのところ、ずっと屋敷に引き籠もってばかりで、あまりお出かけになりませんね。どこか体調でもお悪いのですか？」

「べつに」

胤人は顔を合わせないまま、短く突き放すように返事をした。

ひたと見据えられている気配を肌で感じる。嫌悪を感じるような視線とまでは言わないが、見つめていることをまるで隠そうとしない無遠慮さに、心地の悪さを覚える。

「千葉《ちば》様とは、仲違《なかたが》いでもなさったのですか？」

続けて唐突に出された重貴の名前に、胤人は反射的に背けていた顔を戻し、宗篤を睨みつけた。

「どういう意味だ？」

口調にも棘《とげ》が出る。

なぜここで宗篤が重貴を話題にするのか、胤人には納得できない。まるで、二人の内密の関係を知っているかのようだ。そう思うと、平静ではいられなかった。

「いえ、特に深い意味はありませんが」

宗篤の語調にはどこか取り繕うような響きがある。

聡明さの滲んだ冴え冴えとした眼差しで見つめられると、胤人は宗篤が何もかも承知しているようで、不安になった。昔から勘の鋭い弟で、常に気を許せない感触は抱いてきたのだが、こんなことまで嗅《か》ぎつけられてはたまらない。男の身で男に抱かれているなど、兄としてどうやって矜持を保てばいいのかわからなくなる。

やはり、一刻も早く重貴との関係にけりをつけなければ。

胤人はこの一週間ばかりの間ひとりで悶々と考え込んできた問題に、いっきに決着をつけたい気持ちになった。

宗篤が指摘するとおり、胤人はもう一週間あまり重貴と会っていなかった。

重貴からの呼び出しがふっつりと途絶えたのだ。

淫らな道具を恥部に含み込まされ、さんざん翻弄されて気を失って以来、胤人は重貴の姿を見ていない。翌朝目覚めたときには重貴の姿は『桔梗庵』から消えており、お手伝いの老嬢が呼んでくれた車で、ひとり帰宅の途についたのだ。

あのときの虚しさと寂しさは、今でもくっきりと覚えている。戯れの関係なのだと深く思い知らされた気がした。

もちろん、胤人としてもそれは承知の上でのことだったはずだが、なぜか重貴の冷淡さが心を傷つけた。

以来、考えても説明のしようがないもやもやが、ずっと胤人の頭を占拠している。

重貴との間に尋常でない関係ができていることを、いずれ宗篤に確信されることにでもなれば、胤人の立つ瀬はない。そうなる前に、こちらからはっきりと重貴に引導を渡さねば。もういいかげん、重貴も気が済んだ頃だろう。だから、あれからずっと連絡してこないのだ。

しかし、そう決心した端から、胤人の心は揺れ始める。

でも、きっと重貴はうんとは言わない——不安というより、むしろ、あっさりうんと言ってほしくないような意味合いで、変に消極的になる自分がいた。それが自分の願望なのだとまでは思わない。いや、思いたくなかった。だが、そのためにせっかく決意したはずの気持ちが揺れ、詰めが甘くなっているのは確かだ。

しばらく気まずい沈黙が続いた後、気を取り直した様子で宗篤からまた口を開く。

「私は千葉様を大層気に入っているのですが、兄上はお嫌いですか?」

「好きとか嫌いとか、考えたこともない」

今までならば。胤人は胸中で付け足しつつ、宗篤には煩《わずら》わしげな口調でそれだけ言った。

「そうですか。残念ですね」

宗篤は、ほう、と溜息を吐き、頬骨の辺りを撫でつける。

何が残念なのか聞き返したかったが、そうするとかえって墓穴を掘ることになりかねない気がして、胤人は不愉快な気分のままむっつりと唇を閉ざす。

宗篤に対する苦手意識は膨らむばかりだ。

いっそのこと、自分が女で、家柄はそこそこでも相当な富裕層である千葉家に輿入《こしい》れすれば、周囲は万々歳なのだろう、と皮肉な気持ちで考えた。父はかねてからの希望どおり家督《かとく》を宗篤に継がせられる。案外それは宗篤自身の願望かもしれない。果たして宗篤にそういう野心があるのかないのかは定かでないが、次男坊という身分に甘んじて満足する器でないことだけは確かだ。不本意なのは、当事者である重貴と胤人くらいのものに違いない。

「千葉様のことがどうのという以前に、どうやら兄上は、私が傍にいることがお気に召さないようですね」

ずばりと宗篤が言ってのけた。

挑発的な物言いに、胤人は黙って無視できなくなる。図星を指された焦りもあったが、とりあえず同じ屋根の下に住む兄弟だから、はっきりと決裂して互いに居心地が悪くなるのは避けたいという本音も頭を掠めた。内心がどうであれ、少なくとも両親や使用人たちの前では、ごく普通に兄弟として接しておきたい。くだらない見栄かもしれないが、ただでさえ重貴のことで頭を悩ませている胤人は、これ以上心穏やかでなくなる事態を極力回避したかった。

「誤解だ」

「さぁ、どうでしょう」

宗篤は組んでいた足を下ろすと、おもむろに立ち上がる。

胤人はずいと目の前に近づいてきた宗篤に恐れを感じ、腰を引いて身を遠ざけかけた。咄嗟に、何かされるのではと身構えてしまったのだ。

「ほらやっぱり」

長椅子の背凭れを掴んで身を屈め、胤人の上に覆い被さるようにしてきた宗篤が、にこっと笑う。笑いかけられたものの、胤人の緊張は解けなかった。弟を相手に何を恐れているんだ、と自分に言い聞かせるのだが、どうしても体がうまく動かせない。特にこうして迫ってこられると、重貴に迫られたときと同じような性的欲望を強く感じて、まさかと思いつつも完全に否定しきれず、余計身が竦んだ。

「……ばかなことは、やめろ、宗篤」

「私は何もしませんよ」

「だったら、離れろ。私を試すような真似はするな」

「兄上はつれない」

宗篤は傷ついたように呟き、さらに低めた声で続ける。

「私が千葉様なら、きっともう少しうまくやるでしょう」

いくら低くても、至近距離で発された言葉だったので、胤人にもはっきり聞こえた。

「宗篤！」

カッとして胤人は声を張り上げる。

「何が言いたい？」

「千葉様は案外不器用な方なんだなぁと思っただけです。すみません、兄上。私の独り言ですから、どうかお気になさいませんように。それから、どうか、そんなに私を怖がらないでください。私は兄上に何もしません。怯えたお顔をされると、本当に胸が痛むのです」

「怖がりなどするものか……」

胤人は虚勢を張った。

「では、父上が外交官として倫敦《ろんどん》に赴任しておられた頃のように、兄上に親愛のしるしとして接吻しても構いませんか？」

四つか五つの頃のことを持ち出され、胤人は閉口した。当時は確かに向こうの国の習慣に従って、接吻したり抱き合ったりといった触れ合い方を日常的にしていたが、二十歳《はたち》をすぎた今、いきなりまた同じようにしたいと言われても戸惑うばかりだ。日本に戻ってきてからは、自然とそんな習慣は忘れていた。

「誰かが見たら変だと思う」

「誰も見ません」

父も母も出かけている。使用人たちは呼ばない限り来ない。用事があって来るとすれば忠義者の執事、馬渡《まわたり》だけだが、彼の目と耳と口は必要以外のことに対して常に塞がれている。

胤人は小さく喉を鳴らし、覆い被さってくる宗篤の顔を見上げた。

宗篤は真面目な表情でじっと胤人を見つめている。胤人は息苦しさを覚えた。

「……だめだ」

大きく首を振って拒絶する。

「小さな頃とは違う」

接吻を許せば、きっとそれだけでは済まなくなる確信的な予感があった。宗篤ははっきりと大人の男の目をしている。それも、情人を見るときの眼差しだ。

すっと宗篤が身を引いた。

意外なほど潔く、胤人はかえって他意があるのではと疑った。

しかし、それは気の回しすぎで、宗篤は胤人の傍を離れると、元の椅子に座り直すこともなく、出入り口に向かって歩きだす。

胤人はいっきに気が抜け、肩を揺らして深々と溜息をついた。

そのまましばし放心したように長椅子に凭れてぼんやりする。

コツコツと扉が叩かれて馬渡が姿を現したのは、半時ほど経ってからだ。すでに戸外は薄暮に覆われていた。

「先ほど千葉様からのお使いが参りました」

重貴の名を耳にした途端、胤人は弾かれたような勢いで、体ごと馬渡に向き直った。

やっと重貴が連絡してきた。

今の今まで鬱屈《うっくつ》としていた気分が、霧《きり》が晴れるように散っていく。自分でもなぜこんなふうになるのかわからない。だが、ごまかしようもなく胤人は重貴からの連絡を待っていた。自分からは、倶楽部に出かけていくのも憚《はばか》るくらい、重貴を無視した素振りをしておきながら、内心では連絡が取りたくてたまらなかった。このまま二人の関係がうやむやになったら、この先どうすればいいのかと悩むほど、胤人には重貴の存在が、善《よ》かれ悪《あ》しかれ不可欠になっていたのだ。

「千葉様は『黄昏亭』の二階で若様をお待ち遊ばしているそうです」

「わかった。ありがとう」

「お出かけになるのでしたら、お車の手配をいたします。コートとお帽子もお持ちいたしますので、しばらくお待ちいただけますか」

外は寒うございますので、と言い添え、馬渡はいったん引き下がる。

いったいこの一週間の空白にはどんな意味があったのか。

ようやく連絡がつくと、次はその疑問が膨らんできた。それまでが、二日か三日に一度という頻度で会っていたため、単なる気まぐれで深い意味などないと考えるのは、今ひとつ納得いかないところがある。

飽きたなら飽きた、やめるならやめるで構わない。ただはっきりさせてほしいだけ。

胤人はそう考えながらも、どうしても落ち着けなかった。

いざ「飽きた」「もうやめてやる」と言われても、あまり嬉しいとは感じられない気がする。もっと違う言葉を期待している自分がいるように思うのだ。

「若様」

片腕にコートと帽子を持った馬渡が、車が来たと知らせに戻る。

とにかく重貴に会ってからだと胤人はすっきりしない気持ちを払いのけた。

車は大通りで乗り捨てた。

辺りはとっぷりと暮れている。

狭い路地の突き当たりにある『黄昏亭』——足を踏み入れるのは初めて来たとき以来だ。前回同様、店内は煙草の煙で霞んでおり、無骨な男たちの話し声や甲高い笑い声、グラスを触れ合わせる音などで満ちていた。

胤人は店に入るなりカウンターの端にいたマスターと目を合わせた。口を開く前にマスターがむすっとした顔つきで割れ顎をしゃくり、二階を示す。あらかじめ重貴に頼まれていたようだ。

脇目もふらずに胤人は奥の通路に出て、狭くて急な階段に向かった。

ギシギシと軋む階段を、手すりに掴まりながら一段ずつ上がっていきながら、ふと、前にここを下りたときのことを思い出す。立っているのもやっとなくらいに疲弊し、体の奥に物が挟まったような違和感と激痛に堪える胤人を、重貴はほとんど背負うようにして下ろしたのだ。よくあんな真似ができたなと、あらためて感心する。結構大変だったはずだが、重貴はそれに関してはどんな文句も恩着せがましい言葉も言わなかった。変なところで義理堅い男だ。

階段を上りきると薄暗い廊下があって、両側に三つずつ扉がある。扉にはそれぞれ番号のついた札がかかっていて、その札が裏返しになっている部屋は使用中だという意味らしい。

胤人は足音に気遣いながら奥へと進んでいった。

手前の四部屋はすべて空いていた。

一番端にある二つのうち、右側の部屋の扉が少し開いている。開いているからには空き部屋なのだろうと思い、左手の扉に近づこうとしたところ、くぐもった嗚咽が聞こえてきた。

びくっとして動きを止め、耳をそばだてる。

声がするのは右の部屋からだ。

半信半疑ながら振り返る。

安っぽくて今にも壊れそうな寝台が、ギシギシと鳴る音が立て続けにし、そこに、明らかに性交している男二人の息遣いや喘ぎ声が重なった。

扉がきちんと閉まっていないのに気づかず、始めてしまったのだろうか。

胤人は眉を顰めたが、自分には関係ないと思い直して、あらためて反対側の扉を確かめた。

どうしたことか、その扉には『6』と記された番号札がかかっている。番号が見えているということは、手前からずっと見てきた部屋同様、空いているということだ。

わけがわからずに胤人は混乱した。

場所を間違えたのだろうか。いや、そんなはずはない。使いは確かに『黄昏亭』で重貴が待っていると告げたと聞いた。マスターも胤人を見るなり上だと顎をしゃくった。

ということは――?

胤人は信じがたい面持ちで、じわじわと人の声がする部屋の扉に近づいていき、不調法なのを承知で隙間から室内を覗いてみた。

部屋の中は薄暗い。光源は枕元に灯された短い蝋燭《ろうそく》一本だけだ。嵌《は》め殺《ごろ》しの窓はあるものの、前に連れ込まれた部屋とは異なり、派手な電飾看板の明かりがちらつくこともなく、暗い色の空が額に入った絵画のように壁の中ほどに鎮座している。

蝋燭の明かりの中でかろうじて見えたのは、俯せで押さえ込まれた細身の男の背中と、その上にのしかかる均整の取れた美しい筋肉質の体だ。

「あああ、重貴…っ、もうだめだ……きついっ」

敷き込まれた男が顎を仰け反らせながら、喘ぐように許しを請うた。

二人の体は先ほどから間断なく揺れている。動きに合わせて寝台も音を立てていた。

「冗談だろう、優《まさる》。もう音《ね》を上げるつもりか？」

「だって……！　ああっ、あっ、あ」

「優。もう少しだ、がまんしろ」

よく見えなかったが、腰を突き上げる動きがいっそう激しくなったのが胤人には容易《たやす》く想像できた。

胤人が聞いたこともない柔らかな声で、「優」と愛情を込めて呼ばれた相手の悶え方も、いよいよ余裕を失ったものになる。

よろり、と胤人は覚束ない足取りで後退った。

そういうことか、と冷たくなった頭の片隅で考えつく。

つまり、重貴は胤人にこれが見せたかったのだ。見せて、おまえはもう用なしだとわからせようとしたのだろう。

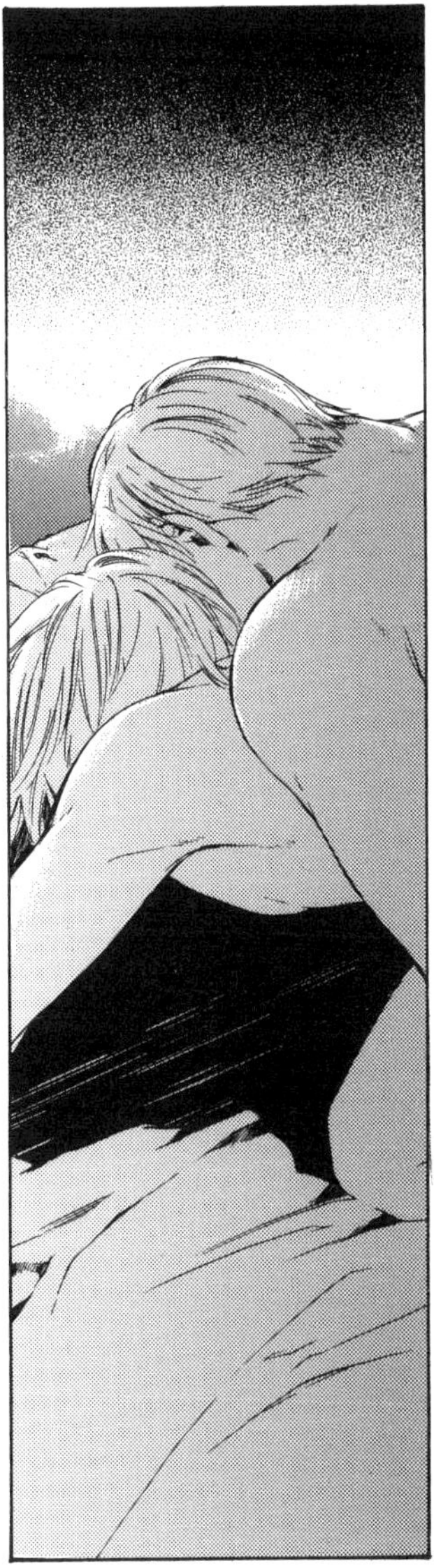

扉が開いていたのは偶然ではない。わざとだ。わざと――胤人に当てつけたくて、隙間を作っておいたに違いない。

頭の中が屈辱感と後悔と自嘲でぐしゃぐしゃに乱れる。

どうやって階段を駆け下り、店の中を通り抜けて表に出たのか、いっさい記憶していなかった。

気がつくと乗合自動車の後部座席に座って茫然としていた。運転手が迷いもなく車を走らせているところからして、行き先を告げたのだろう。車窓に目を転じれば、馴染みのある風景が広がっている。次の角を右折してしばらく行けば子爵邸だ。

突然、涙が出てきた。

悔しくて、惨めで、腹立たしくて……止まらない。胸の奥がきりきりと痛む。喉につかえたようになって出てこない、何か得体の知れないもうひとつの感情が、一番苦しかった。

――最低だ、あの男。

出かけたときの、何とも言い難い高揚した気持ちにまで、泥水をかけて嘲られたようだ。

なぜこんな酷い仕打ちをされなければならないのか、理解できない。

――ばか！

胤人は胸の中で思いきり重貴を罵倒し、手の甲で濡れた目元を乱暴に拭った。

足早に階段を下りていく靴音がしたのを確かめた重貴は、想像していた以上の後味の悪さに襲われ、いったばかりで布団に突っ伏したまま息を荒げている優の上から身を除けた。

「……本当によかったの、重貴？」

優が片肘を突き、気怠そうに上体を起こす。そして、顔面に打ちかかってきていた長い髪を無造作に手櫛《てぐし》で掻き上げながら、遠慮がちに声をかけてきた。

「何が？」

聞くまでもなく優の言いたいことは重々わかっていたが、重貴はあえて空惚《そらとぼ》けた。他にどんな反応をすればいいのか思いつけなかったのだ。仰向けになって頭の下に組んだ両手を挟み、天井を見る。胸の中は忸怩《じくじ》たるものがあった。

「さっきこの部屋を覗いていたのは、最近きみがずっとご執心だった、例の華族の若様なんだろう？」

「やってる最中に気がついていたのか。驚くな」

「そうじゃないけど、あんなに転げそうな勢いで階段を駆け下りていく足音を聞けば、何が起きたのかくらい想像はつくよ。きみもたいがい人が悪いな」

重貴は優に軽く睨まれ、気まずさに返す言葉もなく目を伏せた。

「まぁ、僕も役者の端くれ。見られたところでそれほど気にしやしないけどね」

ふっと表情を和らげながら優は鷹揚な態度を示す。

「悪かった」

今度は重貴も素直に詫びることができた。真実、優には申し訳ないことをしたと思っている。こんな事までしなければ、自分の気持ちを確かめられなかったのかと、情けなさを覚える。さらに最悪なのは、試してみた今でも、まだはっきりと心を決めかねているという事実だ。

優は寝台の上に起きあがると、同じく起きて片膝を立てていた重貴の背に身を寄せてきた。裸の背中を手のひらで撫で、頬擦りする。

「後悔してるんだろ？　彼がいるのに僕を抱いたこと。馬鹿だな……。どういうつもりでこんなことを仕組んだのか知らないけれど、最初から打ち明けてくれたら僕もきみが傷つかないように協力したのに。僕は役者だよ？　重貴とやってる演技をするくらいなんてことなかった」

「そんなふうに俺を甘やかすなよ、優」

「違うな」

優はきっぱりと否定する。

「初めに僕を甘やかしたのは重貴だ。気がついていたよね？　僕に好きな相手ができたこと。もう何か月も前から、きみは勘づいていたんだ。だから、僕が会っても寝ないで帰ることがあっても、何も言わなかった。そうだろう？」

重貴はそれには答えず、「煙草が吸いたいな」と呟き、右腕を回して左肩に添わされている優の手を、上からそっと握る。

「下で一杯やろうか？」

「それより、きみは若様を追いかけた方がいいんじゃないかな？」

「今追いかけたら向こうはますます混乱する」

「このままでは若様は誤解するよ」

「俺はわざと見せつけたんだぜ。相手はおまえひとりじゃないんだと教えておくためにな」

「でも……、じゃあ、きみは彼をどうしたいの？　彼とどんな付き合いを望んでいるわけ？」

優の声は真摯だ。重貴にも幸せになってもらいたい、そんな気持ちが表れている。自分自身のことを告白した以上、今後はただの友人として重貴と付き合うつもりでいるのだろう。もともと恋愛感情は希薄で、はっきり言えば学生時代からよく知った仲の者同士が半分惰性で寝ているのに近い関係ではあったのだが、先に余所見《よそみ》をしたのは自分だというばつの悪さが優にはある。だからこんなふうに重貴の色恋沙汰に関して世話を焼きたがるのだ。迷惑とまでは思わないまでも、少し面倒くさいのは事実で、重貴はぶっきらぼうに返事をする。

「さぁな。体だけ抱けたら満足というところだろう」

「僕と寝ているところを見させておいて、気位の高い華族の若様がきみのそんな言い分を承知するとは思えないな」

「おまえは考え違いをしているようだ。俺とあいつは恋愛ごっこをしているわけじゃない。俺があいつを脅して抱いているだけだ。最初から感情など考慮していない」

「……わからないな。僕には、あの若様は多少なりときみに本気だった気がする。でなければ、あんなに慌てて逃げはしないと思う」

「わからなくていい」

重貴はつっけんどんに言いきって、優の手を肩から外させた。

「酷だよ」

重貴を不機嫌にさせているのはわかっていながらも、優はどうしてもこの話題を続けなければ気持ちが収まらないようだ。

「無理やり始めたのに若様が本気になりかけていたとすれば、それはたぶん、きみの愛情を微かにでも感じ取ったからなのじゃないかな。重貴、きみは自分で考えているほど無情でも非情でもないよ。長い付き合いの僕が保証する。なぜ若様に素直になってやらないの？　相手がお華族様だから？」

ふう、と優は長い息を吐き、首を振る。

「受け入れるつもりがないのなら、せめてきちんと別れてあげるべきだね。仕掛けたのがきみなら、引き際を綺麗にするのもきみの責任だ」

「いつかは綺麗になるさ。俺があの体に飽きれば、すぐにな」

「どうかな」

優が含みのある相槌を打つ。

「きみはずっと飽きない気がするけれど」

「優」

とうとう我慢できなくなって、重貴は声を荒げた。

「この話はもうそのくらいでやめろ。黙って一杯付き合う気がないのなら、俺は帰る」

「待って。付き合うよ」

優は慌てて重貴を引き留め、寝台の隅に丸まっていた下着を穿き、身支度するために裸足のまま床に下り立った。

「このままきみと気まずくなって別れるのは、僕も嫌だからね」

確かにそれは重貴の望むところでもない。

重貴も「ああ」と答えて寝台を下りた。

昨晩あんな仕打ちをしておいて、翌日のうのうと訪ねてくるとは思いもしなかった。

「千葉様がお見えです」と馬渡が伝えに来たとき、胤人は頭に血が上り、あと少しで追い返させるところだった。そこを堪えて「お通ししろ」と言えたのは、ひとえに胤人が矜持を保てたおかげだ。

家人には聞かれたくない話をすることになるとわかっていたので、客間ではなく自室に案内させた。重貴を部屋に入れ、馬渡に人払いを命じる。お茶などの気遣いは不要とも言い添えた。馬渡はどんな感情も顔には出さず、畏《かしこ》まりましたと恭《うやうや》しく頭を下げて引き下がった。

広々とした部屋に二人だけになる。

重貴は勧めもしないのに勝手に窓辺のカウチに腰かけ、あたかも自室にいるかのように寛いでいる。

胤人の苛立ちと歯がゆさは否応なしに高まった。それでも、表面上は冷静を装い、まるで昨夜は何もなかったかのように振る舞う。

「それで、わざわざ何の用？」

カウチに踏ん反り返った重貴が鋭利な眼差しを胤人に注ぐ。顔色を観察されているようだ。胤人は怯《ひる》むなと自分に言い聞かせ、感情を殺して重貴の視線を受け止めた。

「昨日はなぜ部屋に入ってこなかった？」

どうやら胤人が廊下の前まで来て立ち去ったことを知っているらしい。マスターから聞いたのだろうか。それとも、最初からすべてこうなることを見越していたわけなのか。

胤人はギリッと奥歯を噛みしめた。

あのときの屈辱感が甦る。憎らしいほど男前に整った重貴の顔を張り飛ばしてやりたい衝動に駆られる。よくもあんな悔しく惨めな思いをさせてくれて――！　許せない。同じ思いを重貴も味わってみればいいのだ。だが、胤人にはどうすれば重貴に復讐《ふくしゅう》できるのか考えもつかない。こうして何も感じなかった振りをし通すのがせいぜいだ。

「……お相手がいるのなら、私は必要ない。邪魔しては申し訳なく思い、失礼した」

意識して、極力淡々とした調子で返す。

重貴の頬がぴくりと引きつった。胤人の態度が気に障ったようだ。もっと感情的になると予想していたのが、当てが外れて溜飲を下げ損ねたのかもしれない。胤人は重貴がそのくらい意地の悪い気持ちで訪ねてきたのだと思い込んでいた。

「それで勝手に帰ったわけか」

「当然だ」

「えらく居丈高《いたけだか》だな。せっかく三人で愉しもうと思って彼に来てもらっていたのに、おまえが逃げたおかげで台無しだ」

「三人？　なんて破廉恥な！」

想像もつかぬ事を言いだす重貴に、胤人は怒りのあまり取り乱した。場所を選ばなかったり道具を使ったり、重貴の淫蕩ぶりが並外れているのは承知していたが、まさか乱交のような真似までしたがるとは思いもしない。胤人には到底理解できなかった。二人だけでする行為だから、どれほど恥辱にまみれさせられても堪えられ、淫猥さに高ぶりもするのだ。他の誰かがそこに介入するなど、胤人にとってはあり得ないことだった。

声を尖らせる胤人を、重貴は鼻でせせら笑う。

「三人がなぜ悪い。そもそもおまえには俺を拒絶できない理由があったはずだぞ」

胤人はぐっと詰まった。

「……また、脅すのか。卑怯者」

こんな成り行きになった最初の顛末《てんまつ》を、胤人はいつの間にか頭の外に追いやっていた。なぜ失念していたのか、自分でも不可思議だ。二度目か三度目までは、確かに重貴と会って寝ることの裏側に、秘密をばらされたくないという必死の気持ちが存在していた。それがいつのときからか、呼び出されても脅しと感じず、会うことそのもの、寝ることそのものに目的があるように受け止めだしていたのだ。今、再び脅しと認識し直して、ああ初めからそうだった、と思い知る。思い知ると同時に、どうしようもなく虚しく、悲しくなった。

「罰だ、胤人」

重貴の冷酷な言葉に、胤人ははっとして俯けかけた顔を上げた。

支配者然としてカウチに座った重貴は、いかにも傲慢で、情け容赦のない顔をしている。愛情など僅かも見出せない。それにもかかわらず、胤人の胸は疼き、体の芯は熱くなった。

「来いよ」

従う必要などない。ここは胤人の家だ。

呼び鈴の紐を引き、馬渡を呼べばいい。そして「お客人はお帰りだ」と告げさえすれば、忠実な執事は有無を言わさず重貴を玄関まで案内し、見送るだろう。

頭ではわかっているのに、胤人は鎖《くさり》で繋がれている囚人のように、一歩一歩重貴へ近づいていった。自分でも何を求めているのか、期待しているのか定かでなく、戸惑う。

重貴は目の前に立った胤人の腕を乱暴に引き、開いた膝の間に跪かせた。

「しゃぶれよ。わかるだろう？」

窓から冬の控えめな陽光が注ぐ真っ昼間に、自分の部屋で強いられる淫らな行為に、胤人は目を瞠《みは》る。だが、こうなることは、助けを呼ばずに重貴の元に近づいたときから、ある程度予測してしかるべきだったはずだ。胤人も心の奥底では覚悟していたのだと思う。そのためか、驚きはしても、諦めるのも早かった。

扉はぴったりと閉ざされている。

ここにいるのは重貴と胤人だけだ。

胤人はほっそりとした指を重貴の股間に這わせ、布地の上からかたちをなぞった。すでに硬く張り詰め、膨らんでいる。いつから重貴が欲情していたのか、胤人は全然気づかなかった。

気まぐれ。意地悪。遊び。脅し。

頭の中でそんな単語がぐるぐると渦を巻く。胸が引き絞られるように痛んだ。

どうしたらこの痛みを和らげられるのかわからない。

胤人は喘ぐような吐息をつき、釦《ぼたん》を外して重貴の衣服を崩した。

勢いよく飛び出してきたものの先端に唇を寄せる。

「……くっ」

含んでおずおずと舌を這わせると、重貴が腰を揺らして呻いた。まさかこれだけで慣れているはずの男を感じさせられるとは思ってもみず、胤人は少し仕返ししてやった気分になる。いつもはしたない声を上げさせられるのは胤人ばかりだったが、たまにはこうして重貴の口から色気のある喘ぎを引き出すのも悪くない。

胤人は嫌悪よりも主導権を握る悦びを強く感じ、熱を込めて重貴の陰茎を口淫した。

先端の割れ目から滲み出てきた液を舐めると塩辛さが口に広がった。好きになれそうにもなかったが、他の誰でもない重貴の味だと思うと、理屈では説明できない感情が湧き、ずっと舐め続けた。

「もう、いい」

髪を撫でてくれていた重貴の手が止まる。動かし続けて怠くなっていた顎を摑まれ、含んでいたものを抜き出さされた。

重貴のものは勃起したままだ。このままでは苦しいだろう。

そういう胤人自身、舐めているうちに下半身に熱が集まってきて、痛みを感じるほどになっていた。我ながら呆れるほどの無節操さだ。

「おまえ、どうしたい？」

狡くて抜け目のない男は、胤人の体の変化を見越した上で、胤人自身の口からこの続きをねだるようにし向ける。

胤人は重貴をきつく睨みつけた。

帰れ、と言ってやりたいところだが、火種の燻《くすぶ》る体が重貴を求めていた。

ひと月以上もの間ずっと、それほど日をあけずに抱かれていたせいだろうか。すっかり重貴の愛撫に慣らされた体は、ほんの一週間の空白にも飢えと寂しさを感じるよう、いつのまにか作り替えられていた。昨晩、思わず悔し涙を零しながら逃げ帰ってきた胤人は、そのことを痛感しながら眠れぬ夜を過ごしたのだ。

「……人払いは、してある」

せめてもの矜持で、胤人は婉曲《えんきょく》な表現をした。

だが、重貴は意地悪く唇を曲げるだけで、助け船を出そうとはしない。

「だから？」

まだいたぶる気なのか、と胤人は怒りと羞恥で瞳を燃やし、人ごとのような顔をしている厚顔な男の頬を、今度こそ本当に張り飛ばしていた。

パシッと乾いた音が静かな室内に響く。

「ふん」

重貴は痛くも痒くもなかった様子で胤人の胸倉を摑み上げて立ち上がると、そのまま軽々と胤人の体をカウチに横倒しにして押さえつけた。

「馬鹿っ、よせ。離せ、重貴！」

「おとなしくしろよ、この性悪猫め」

振り上げた両の手首を一纏《ひとまと》めにしてぎりりと捻られ、胤人は情けない悲鳴を放った。骨を折られるかと思ったほどの激痛が走ったのだ。それだけで胤人は抵抗する気力を奪われた。怖い。重

貴は胤人が手を上げたことで、容赦する気持ちをなくしたようだ。

釦を弾き飛ばす勢いで腰を剝かれ、お襁褓《むつ》を替える赤ん坊のように両足を抱え上げられた。

重貴は口に含んで濡らした指で、気休め程度に胤人の中心を解すと、位置を定めてのしかかってきた。

狭いカウチの上で不自由な格好を取らされた胤人に逃れる術はなかった。

引き裂かれるような痛みが全身を貫く。

上げかけた悲鳴は、口唇を重貴の口で貪り塞がれたことで、飲み込まされた。

「おまえが悪い」

荒々しく腰を使って胤人を責めながら、重貴が忌々しげに言い放つ。

「くそっ……、馬鹿が」

自分自身を罵っているようでもあった。

激しい痛みはじきに馴染んだ快感に取って代わり、胤人は苦しげな悲鳴の代わりに、艶めいた喘ぎ声を立て始めていた。

重貴が胤人の体を強く抱き竦めてくる。

二人に足りないのは、互いへの情を認める心だ。

胤人も、そしておそらく重貴も、そのことを薄々感じ取っている。しかし、どちらも強情な上に不器用で、要領が悪過ぎた。

縺《もつ》れてしまった糸の解き方をすっかり見失っているようだ——胤人は快感に痺れる頭でそんなふうに考え、焦りを覚えていた。

伍《ご》

重貴《しげたか》以外には千葉《ちば》家の面々でさえ滅多に訪れることのない『桔梗庵』に、珍客が現れた。

「三田《みた》の千葉邸を訪ねたら、こっちだと教えてもらったものでな」

前触れもなくふらりとやってきた碩徳《せきとく》は、銀座《ぎんざ》で買ってきたという芋羊羹《いもようかん》を差し出しながら、相変わらず摑み所のない飄々とした笑顔を向ける。

つい先ほど、胤人《つぐと》を車に乗せて帰らせたばかりだった重貴は、碩徳が頃合いを狙って訪ねてきたのではないかと邪推した。あくまでも根拠のない疑いに過ぎなかったのだが、どうやらまんざら外れでもなかったことは、次の碩徳の言葉で明らかになった。

「昨日、芦名《あしな》と一緒だったんだって？」

「ああ」

重貴は努めて平静を保ち、何食わぬ顔で眼鏡の奥の思慮深い目を見返した。

「それがどうかしたのか？」

碩徳は重貴のどっしり構えた態度に、ちょっと予測したのと違う展開になって戸惑う表情を浮かべたが、すぐに気を取り直したようだ。

「なんだか最近のきみ、いきづまって自棄になっている気がしてならんのだが」

「繋がらないな。芦名のことをわざわざ聞いておきながらそんなふうに言うのは、どういう見解からだ？　何が言いたい？」

「俺に最後まで喋らせるのは野暮ってもんだろ」

二人の会話は互いの腹を探り合うように油断のならないもので、重貴は少しも気を緩められない心地を味わった。

碩徳が重貴の本音にじりじりと迫ってくる気がする。

やはり確信しているんだな、と重貴は悟った。以前、倶楽部でちらりと胤人のことを話題にしたとき、いつか碩徳には重貴のしていることを勘づかれるだろうと漠然と思ったが、ついにそのときがきたらしい。

「いつ気がついた？」

碩徳を体《てい》よくあしらうのは無理だと判断し、重貴は潔く甲《かぶと》を脱いだ。わざわざ別邸にまで来たからには、碩徳としても手ぶらで帰るつもりは毛頭ないはずだ。

「先週末だ」

三日前のことになる。その日は午後から芦名と待ち合わせ、することもなかったので夜までの時間潰しに倶楽部に顔を出した。そこにたまたま居合わせたのが碩徳で、三人でビリヤードをしたのだ。

「俺たちが二人揃って倶楽部に来たからか？」

「いや。キューを構えた芦名の首筋に、接吻の跡らしい鬱血《うっけつ》があるのを見てしまったからだ」

碩徳は医者のように淡々と言う。

重貴はつっと眉を寄せた。

「それだけで？」

「その前から疑っていたからね。鬱血を見て、やっぱりそうなのかと確信したわけだ」

「どうして俺が相手だと？」

「きみでなければ、他に誰の可能性が？」

畳みかけるような応酬に、重貴は言葉をなくして一旦黙った。

手のひらに冷や汗を搔いている。

「つまり、碩徳はこのことで、俺を糾弾《きゅうだん》……もしくは、諫《いさ》めに来たわけなのか」

「というより、どういうわけで芦名と付き合っているのか、よかったら聞かせてもらいたいと頼みに来ただけだ、重貴」

話せるようなことは何もないんだがと心の中で苦い気分になりつつも、重貴は碩徳を八畳間に通し、トメに酒の用意をしてくれるよう言いつけた。まだ三時前だが、外は鬱屈とした曇天《どんてん》で火《ひ》鉢《ばち》の傍にいても肌寒いし、少しくらい酔わなければ腹を割った話などできそうにない。碩徳も一杯やろうという誘いを断らなかった。今日は自慢の自動車は置いてきたらしい。

「きみの和服姿は初めて見るな」

火鉢の前に胡座を掻いた碩徳が目を細くする。

「なかなかどうして、結構な色男ぶりだ。芦名がくらりときても不思議はないな」

「断っておくが、俺と芦名の関係は、たぶんきみが想像しているような甘いものじゃない」

「まぁ、そんな感じではあるね」

碩徳は特に意外でもなさそうに頷く。

やれやれ、やっかいな男に首を突っ込まれたものだ。重貴は一筋縄ではいかぬ男を横目で流し見、どこまで正直になればいいのかと算段した。適当な受け答えでごまかしきれる相手でないことは承知しているが、自分自身の気持ちがまだあやふやで取り留めもないため、答えようのないことも多いだろう。果たしてそれでこの男が納得して引き下がるのか謎だ。

いっそのこと何もかも碩徳に任せて、自分は胤人から手を退こうか——。一瞬だけだが、重貴はすべてが面倒になって投げやりな思考になった。すぐに頭から振り払ったものの、やはりそろそろ限界がきているのかもしれない。

最近の重貴と胤人は、互いに心を閉ざして、まさに体を重ねるだけの無味乾燥な付き合いを繰り返すばかりだ。出口の見えない迷路を延々と彷徨《さまよ》い歩いているようで、いいかげん疲れ果てている。無理強いしている側の重貴でさえこんなふうなのだから、胤人の精神的な疲弊は相当のはずだ。

どうせこのまま堂々巡りするしかないのなら、早いところ胤人を解放してやらねばならない。

わかっているのだが、同じくらい離したくない気持ちも強く、踏ん切れないでいる。そして、往生際の悪い自分に苛立つたびに、胤人を呼び出して抱いてしまうのだ。悪循環だ。

昼間から火鉢を挟んで熱燗《あつかん》を傾け合った。

酒が入ると少しだけ口が滑らかになる。

「俺は冷たい男なんだ、碩徳。芦名に手を出したのも、結局は興味本位からだった。深窓の華に泥水を引っかけて……汚してみたかっただけなんだ」

「さぁ俺にはそんなふうには見えなかったが」

碩徳は穏やかに諭すように喋る。

「前にも言ったが芦名は生きている人間らしい艶が出てきて、それまでよりぐんといい感じになったよ。愛想がなくて少々高慢なのは相変わらずだが、あれはもう生まれつきの性格と、育った環境の影響だろうからな。どんな経緯で芦名を無理やり手に入れたのかは知らないが、芦名本人も結果的にきみに惚れたのなら、素直に最初の行為を詫びて、受け止めてやったらよさそうなものだ。きみは、自分を卑下しすぎだと思うぜ、重貴」

「なぜそう誰も彼も芦名が俺に惚れているなどと言いきるのだろうな？」

「おかしな事を言う」

芯から驚いたように碩徳は目を瞠り、まじまじと重貴を見る。

「まさか本気でわからないと言うんじゃなかろうな？」

「わからんね」

重貴はすげなく突っぱねた。

自分が胤人に惚れかけていることは、じわじわとでも認める気になってきた。しかし、優や碩徳が言うように、胤人まで同じ気持ちになっていると考えるのは、あまりにも都合がよすぎる。そんな奇遇が起きるとは到底信じられない。重貴は頭から疑ってかかっていた。それというのも、うっかり信じて期待して、やはり間違いだったと失望するのが嫌だからだ。

「散々酷いことをした自覚は俺にもある。あいつは俺を憎んで恨みこそしても、好きになるわけがない。無理だ」

「こいつは参ったな」

碩徳が天井を仰ぎ、右手のひらでぺしっと額を叩く。

「知らなかった。驚きだ。千葉重貴は、実は恋愛に疎い朴念仁《ぼくねんじん》だったというわけか」

「何だって？」

「いや、何でもない」

聞き捨てならないことを言われてムッとした重貴が問い返しても、頭を元に戻した碩徳はニヤリと笑っただけでかわしてしまう。

「飲もうぜ。ほら、もう一杯」

徳利を傾けて差し出され、仕方なく杯に受けた。

注がれた酒をいっきに呷ると、その飲みっぷりをじっと見ていたらしい碩徳と目が合った。相変わらず好奇心旺盛な顔つきをしている。

「そんなに俺は不器用か？」

「俺の知った中では、芦名の次くらいに不器用かな」

「……ふん」

重貴は自嘲気味にあしらい、先ほどのお返しだと言って碩徳に杯を取らせ、満たした。

うわばみの碩徳が杯を空けるのを見届け、重貴は縁側の硝子戸の向こうに広がる中庭に目を転じた。いつの間にかちらちらと粉雪が舞っている。どうりで冷えるはずだ。

碩徳も気づいて、口笛を鳴らす。

「この冬初めての雪だな」

「ああ」

「雪見酒だ」

「もう一本つけさせようか？」

「いいね」

手を叩いてトメを呼ぶ。

老嬢は二人の考えを察してもしていたように、それほど間を空けず、酒の肴《さかな》と共に追加の徳利を運んできた。

粉雪の舞う庭を眺めつつ、二本目を酌《く》み交《か》わす。

「芦名とは？　たまにはこんなふうに飲むのか？」

嫌なら答えなくていいと前置きしてから、碩徳が聞く。

重貴は肩を竦め、「いいや」と否定した。

「あいつは下戸《げこ》だぜ。碩徳も知っているだろうが。それに、何度も言うが、俺たちは甘い雰囲気とは無縁の仲だ」

「そう、その顔だよ」

唐突に碩徳がぽんと手のひらと拳を打ち合わせ、重貴の顔に人差し指を向けてくる。

わけがわからずに重貴は顔を顰めた。自分が今どんな顔をしているのかなどわからない。ただ、胤人のことを考えたため、知らず知らず頬の筋肉が緩んでしまった気はする。ここのところいつもそうなのだ。悪口や嫌みを言いながらでも、不思議と顔が綻《ほころ》ぶ。

「惚れてるんだなぁと俺が思うのは、芦名の話題になったときにきみが見せる、その柔らかな表情のせいだ」

「俺が？」

「いっぺん鏡を見てみろよ」

碩徳は冷やかすように目で笑う。

重貴は憮然としてそっぽを向いた。こんな場合、それ以外にどうすれば気まずさから逃れられるのか思いつけなかったのだ。

「今度、芦名を誘って活動写真でも観に連れていってやれよ。芦名もきっと満更でないはずだ。たまには芦名が笑っているところ、見たいだろ？」

「そんなことをして何になる」

「俺はね、重貴。きみのことも気になるが、実はそれ以上に芦名のことが気がかりなんだ」

「え？」

ここに来て、ようやく碩徳の顔つきが真剣になった。さっきまで揶揄を含んで笑っていたはずの瞳も、考え深げに厳しくなる。

「あいつどこか具合が悪いんじゃないか、と伸吾《しんご》も芦名を心配していた。あれでも伸吾は医者の端くれだ。おっと、ちょっと失敬な言い方だったな。まぁいい、勘弁してもらおう」

碩徳は少しだけ冗談めかしてみせた後、再び顔を引き締めた。

「俺は、芦名がここのところ青ざめて覇気がないのは、体のせいばかりじゃなくて心のせいだろうと思うんだ」

確かに碩徳の指摘する通りかもしれない。重貴も気になりはしていた。ただ、二人でいるときには、性懲りもなく反抗的で強情を張るので、普段と変わらなく思えて気になったことを忘れてしまう。

「俺のせいか。そう言いたいんだな?」

「きみにしか治してやれないだろうと言いたいだけだ」

だがどうやって――? まさか、活動写真ひとつでどうにかなるものでもあるまい。

重貴は碩徳の顔に答えが書いてありはしないかと凝視したが、碩徳はそこから先は重貴の意思に任せるといわんばかりに瞬きしただけで、盆の上の徳利をひょいと持ち上げ、振りもせずに

「空だ」とぼやいたきりだった。

どんどん苦しくなる。

胤人は声を上げて泣き、喚きたい心境だった。

胸が押し潰されたように息苦しくなって、寝入り端だろうと真夜中だろうと、時を選ばす目が覚める。

そうやって毛布をはね除けるようにして起き上がったときには、必ず睫毛がびっしょり濡れていて、頬に涙の筋が走っているのだ。

これ以上は無理、限界だ。楽になりたい。

胤人に思いつけた楽になる方法はただひとつ――重貴に、「もうやめたい」と告げ、解放してもらうことだけだ。

馬鹿なことをしたと後悔している。

よりにもよって最も好きになってはいけない男を、我知らぬ間に好きになっていた。

初めはそんなはずないと己の気持ちを否定し、認めるものかと抵抗した。だが、現実は圧倒的に強く胤人にのしかかり、拒絶も誤認も言い訳も許さなかったのだ。

重貴はしたたかで狡《ずる》くて残酷な男だ。胤人以外にも何人の相手がいるかわからない、無節操な遊び人なのである。実際に、胤人は重貴が他の男と寝ている現場を目撃した。

そんな男にまんまと引っかかり、あろうことか勝手に本気になった自分に腹が立つ。一生の不覚だ。

遊びなら、事が終わった後は突き放せばいい。

男の性欲は射精で完遂するのだから、その他の余計な愛撫や接吻は省略してもかまわなかったはずだ。

しかし、どういう気まぐれを起こしてなのか、重貴はときどきびっくりするほど情熱的だったり優しかったりして、胤人を戸惑わせ、翻弄した。一晩中抱き締められたまま眠り、朝を迎えたこともある。優しく髪を撫で、瞼《まぶた》に唇を押しつけられたこともあった。

そんなふうにされると、脅迫されて関係を迫られているのだという意識が薄れ、全然別の意味で一緒にいる心地になってくる。自分こそが重貴の本気の相手のような気さえしてくる。要するに、「勘違い」させられるのだ。

もう堪らない。たくさんだ。このままでは望みの欠片《かけら》も抱けない男に囚われて、自分が自分でなくなってしまう。

胤人は次こそ言おう、次こそはと思い続け、他のことが何も手につかず、眼中に入らない状態になっていた。

一度倶楽部で諏訪《すわ》に「大丈夫か?」と漠然とした心配のされ方をして、「はい」とその場はひと言だけで逃れたものの、そんなにいつもと違う様子をしているのかと不安になった。

このままではじきに他の人間にも気づかれ始めるだろう。

中でも胤人は特に、宗篤《むねあつ》を恐れた。

親愛のしるしとして接吻していいかと宗篤に求められ、だめだときっぱり断って以来、兄弟の間をなんとなくぎくしゃくした空気が取り巻いている。もっとも、そう感じているのは胤人だけかもしれない。宗篤と二人きりになるのを極力避け、よそよそしい態度を取っているのは胤人の方だからだ。

もともと胤人は宗篤に劣等感を持っていて、常々長男としての自分の立場のあやふやさに悩んできた。宗篤に非はないとわかっていても、どうしても宗篤と素直に打ち解けられなかったのだ。日頃から意思の疎通を果たせずにいたせいで、いざとなっても恐ればかりが先に立ち、悩みを打ち明けて相談に乗ってもらうような、ごく普通の兄弟らしい関係は望めない。

胤人はどこに身を置いていても孤独で、ひとり悩んでいた。

重貴とのことも、誰に頼れるわけでなく、自分で決着をつけるしかないのである。

今日こそと心に決めて、胤人が重貴と会ったのは、暮れも迫った師走《しわす》の二十五日だった。西欧では聖人の誕生を祝う日だ。今冬初めての雪が降った日の、三日後でもあった。

この日会うことになったのは重貴の気まぐれからで、使いが来て、胤人は例のごとく『桔梗庵』に連れてこられた。

「どうした。今日はえらく素直だな？」

裸になって布団に横たわり、後から毛布を剝いで覆い被さってきた重貴の背中に両腕を回して抱きつく。そんな胤人を、重貴は揶揄した。

「三日構ってやらなかっただけで、体が疼いてたまらないわけか？」

胤人を辱め、わざと憤慨させるような科白を吐く。

胤人はフイと顔を背けた。今日が最後——そう思うと、こんな意地の悪ささえ、覚えておいて思い出にしたくなる。

救いがたいばかだと自嘲すると同時に、どれくらいこのろくでなしを好きになっているのか痛感させられて、涙が出てきた。

「……おい」

まだ接吻のひとつもしないうちから泣きだしてしまった胤人に、重貴は当惑したようだ。

「おまえ、今日は少しおかしいぞ。具合でも悪いのか？」

「違う」

精一杯意地を張り、胤人は短く答えた。涙声を聞かせたくないと思えば、せいぜいこの程度の単語しか喋れなかったのだ。すでに涙を見せているのだから虚勢を張っても今更なのだが、こういう往生際の悪さは生まれながらの性質で、胤人にもどうしようもない。

今日の重貴は妙に冷静で、いつもに比べると辛抱強かった。おまけに優しい。

ぶっきらぼうな返事をしたきり口を噤んだ胤人に機嫌を悪くした様子も見せず、かえって労《いたわ》るように髪を撫で、濡れた頰に口づける。

最後の最後に優しくされては迷惑だ。これでは決意が鈍る。変な期待をしてしまう。

いっそ、乱暴に荒々しく抱いて、めちゃくちゃに痛めつけて欲しいくらいなのに。

だが、重貴は胤人の心の叫びに気づくことなく、唇を塞いで濡れた舌を絡ませ合い、たっぷりと時間をかけて濃密な接合を繰り返した。こうしていれば、そのうち情緒不安定な胤人を落ち着かせられるだろうというふうだ。

ようやく唇が離されたときには、胤人の頭は深い官能に痺れ、体は燃えるように熱くなっていた。

火照った頰に重貴が手の甲を押しつけてくる。適度な冷たさが心地よくて、胤人は満ち足りた吐息をついた。

「妙なことを聞くが、おまえ、活動写真に興味があるか?」

体をずらした重貴は、胤人の乳首に唇や舌、指を這わせながら、前置きの通り突然脈絡のない質問をする。

胤人は与えられる快感に小刻みに喘ぎ、全身をびくびくと反応させながら、「ない……」と答えた。本当はないこともないのだが、この状況では落ち着いて答えられなかったのだ。なぜ重貴がこんな突拍子もない質問をするのかを考える余裕も、もちろんない。

「そう言うと思った」

自分で聞いておきながら、重貴は他人事のようにあっさりと片づけた。

腑に落ちなかったが、乳首ばかりでなく陰茎にまで愛撫の手を伸ばされたため、胤人は快感の波に溺れて喘ぐのに夢中になり、すぐに忘れてしまった。

重貴の指が後孔《こうこう》を探り当て、まさぐる。

胤人は息を荒げ、大きく開かされた足を突っ張らせ、嬌声を上げた。

どうしたのだろう。いつもより感じる。些細な指使いにもいちいち反応し、はしたなく乱れてしまう。

最後だと思うから、重貴から受けた行為を少しでも多く感じ取り、覚えておこうと心と体が欲張って、常より敏感になっているのかもしれない。

「胤人」

あられもなく感じて身悶える胤人に欲情を煽られたのか、重貴は筒の中を解していた二本の指を抜くと、性急に繋がってきた。

「ああっ、ああっ！」

猛ったもので一気に奥まで貫かれ、胤人は息が止まるほどの衝撃と快感を味わった。声を抑えきれない。

重貴も歯止めが利かなくなったらしく、根本まで挿入したかと思うと、そのまま容赦なく腰を前後に揺すり立て、胤人を悶絶し惑乱させた。

喉が張り裂けそうなほどの悲鳴や嬌声を上げたくなると、自分で毛布を噛み、くぐもった呻き声に変える。

よくて、よくて、あっという間に放ってしまった。

その後も何度も上り詰めては、女のように果てのない悦びを感じた。初めて後孔で極めたことになるらしい。

重貴が腰の動きを止め、長々と尾を引く呻き声を洩らした。

ぎゅっと力強く抱き締められる。

胤人も重貴の汗ばんだ背中に両手の指を這わせ、弾力のある筋肉に包まれた逞しい感触を堪能した。この背中も、腕も、胸板も、全部記憶に刻み込んでおくつもりだ。

息が整うまできつく抱き合っていた。

やがて、重貴の腕がゆっくりと緩む。

ああ、終わったな——胤人は時を悟り、また目頭を熱くする。

「……胤人」

気づいた重貴が唇に軽く接吻してきた。

「どうした。おまえがこんなに涙もろい男だとは知らなかったぞ」

「ご、……めん」

重貴は目を瞠る。気位の高い胤人が自分から素直に謝るなど、青天《せいてん》の霹靂《へきれき》だという顔をしている。胤人自身、いざとなれば案外しおらしくなれる自分にびっくりしているくらいだ。重貴の驚きは無理もない。

「重貴」

胤人は思いきって続けた。

声が震えて涙ぐんでも、この際かまっていられない。どうしても告げなければならないと決意していたから、腑甲斐《ふがい》なくて恥ずかしくとも開き直れた。

「私は、もうだめだ」

訝《いぶか》しげに胤人を見据えていた重貴の顔つきが、さっと険しくなる。

怒らせた、と思って一瞬身が竦む。しかし、顔を背け、視線を逸らすことでどうにか気持ちを奮い立たせて、最後まで息も継がずに言ってのけた。

「これ以上は付き合えない。今までの二か月間、私なりに十分きみに応えたつもりだ。今日限りでやめてくれ。でなければ私は自分が自分でいられなくなる」

言い終えた後しばらく、不気味なほどの沈黙が下りた。

胤人がおそるおそる重貴を見上げると、重貴は青白い、感情の乏しい、何を考えているのかわからない顔をして、あらぬ方向を見ていた。

「……重貴」

躊躇いがちに声をかける。

はっとした様子で重貴は我に返ったようだったが、なおも胤人に視線を向けようとはせず、無言のまま体をのけ、枕元の乱れ箱に脱ぎ捨ててあった毛織りの着物を肩に羽織《はお》った。そのまま布団を離れ、隣室との境の襖を開き、客間に出てしまう。

ひとり残された胤人は、想像していたのとまるで違う成り行きに激しく戸惑いつつも、どうにか気持ちを引き締めて、身支度を整え始めた。

指が細かに震え、なかなか釦が留められない。

望んだとおりの結果になったはずなのに、予想もしなかったほど動揺し、後悔している自分を自覚する。これで本当に正しかったのか、他に答えがあったのに見逃していたのではなかったかと、次々に恐ろしい疑問が噴き出してくる。胤人はそれらにことごとく焦らされ、不安を感じて狼狽し、迷子の子供のように途方に暮れた。

ようやく衣服を身につけた胤人は、おずおずと隣の八畳間に足を踏み入れた。

当然そこにあると思っていた重貴の姿はない。さらに別の部屋に行ってしまったようだ。

どうするべきか、と立ち尽くしたまま困惑していた胤人の元に、ややして使用人の老嬢がやってきた。

「子爵家の若様、お車が参っとりますんで、どうぞこちらへ」

どうやらこれが重貴の返事らしい。

胤人はきつく唇を噛み、老嬢の曲がった背中についていく。

自分で決めた結果のはずなのに、最後まで涙が止まらなくて閉口した。

扉を叩く音がして、胤人《つぐと》が答えるより先に、食器を載せたワゴンを押した宗篤《むねあつ》が入ってきた。

てっきりまた馬渡《まわたり》か小間使いの誰かが食事を届けに来たのかと思い、「いらないから入ってくるな」と断ろうとした矢先のことで、胤人は意外さに言葉を失くしてしまった。

「今日こそは何が何でも召し上がっていただきます」

宗篤は胤人が食事をするまでは一歩も退かぬつもりのように、ワゴンの横に仁王立《におうだ》ちになる。黒々とした瞳には強い意志が窺えた。その上、気のせいではなく、憤りも混じっている。

「せっかくおまえが持ってきてくれたが、私は本当に食欲がない」

窓辺のカウチに座ったまま、胤人は気を取り直し、宗篤の怒りの矛先をかわすように言った。

事実、胤人はここ数日というもの、全くといっていいほど食欲が湧かなかった。

「なぜですか？」

胤人を怯えさせない気配りか、宗篤は一定の距離を空けて立ち止まったまま、そこから近づく気配は見せない。ただ、語調だけは鋭く、胤人の態度を明らかに責めていた。

なぜ、と理由を聞かれても、答えに窮する。

なんと説明すればいいのだろう。

生まれて初めて好きになった男に、わけあって自分から別れを切りだしたが、予想以上の痛手を受けて精神的に立ち直れずにいる――それがおそらく正解だが、まさかこれを正直に告白することはできない。

「ご自分の気持ちを偽りになられて、そのために一生取り返しのつかない失態を招いたから、ですか？」

「む、宗篤！」

隠そうとした甲斐もなく宗篤からほぼ正確な推測を突きつけられ、胤人は見事に狼狽えた。何も話していないはずなのに、宗篤はこれまでの過程を脇でずっと見てきたような物の言い方をする。胤人は動揺するあまりカウチから腰を浮かしかけ、膝の上に開いていた書物を床に滑り落としてしまう。その音にギクリとして座り直したが、書物を拾い上げる余裕はすぐに取り戻せなかった。

「傍に寄らせていただいてかまいませんか？　誓って不埒な真似はいたしません」

強い口調で有無を言わさぬ響きが含まれてはいたが、いちおう丁重に了解を求められる。

胤人は気圧《けお》されて頷いた。

宗篤は宗篤なりに胤人を敬い、胤人のことを大切に考えてくれているのだ。そのことが身に沁みて伝わってくる。

　接吻を求められた一件を胤人がいつまでも根に持ち、宗篤を頑なに避けていたので、宗篤は相当傷ついていたらしい。遅ればせながら気づき、胤人は己の狭量さを深く恥じた。宗篤は礼儀正しく、胤人の意に添わぬ事をしようとはしなかったのに、胤人はあまりにも神経質になりすぎていたのだ。

「すまなかった……宗篤。ずっとおまえを無視したりして」

　兄弟で会話を交わすのに違和感のない距離まで近づいてきた宗篤に、胤人はあらたまって謝罪する。いろいろと拭い去りがたい劣等感は依然としてあるし、宗篤の全てを受け入れられたわけではないが、少なくとも先日の一件だけは胤人が大人げなかったと反省した。

「ああ、あの事でしたら、私も兄上に無理をお願いしたのですから、兄上が不愉快になられたとしても仕方がありませんでした。私は気にしていません」

　それよりも、と宗篤は胤人を諌める語調になる。

「ここ数日というもの、ずっと食欲がないの一点張りで、ろくに食事をお摂りにならないのは一体全体どういうご料簡《りょうけん》でしょう。皆、大層困っております。父上と母上のご漫遊《まんゆう》中に、兄上のお体にもしものことがあれば、誰がどう責任を取ればいいのですか。どうか、もう少し周囲のこともお考えください。ご聡明な兄上には、申し上げなくともおわかりいただけるはずです」

「……」

聡明な、などと言われてこれほどばつの悪い思いをしたのは初めてだ。胤人は返す言葉もなく目を伏せた。

「立ち入りすぎとお叱りを受けるのを覚悟して言わせていただきますが」

宗篤はあらかじめ断ってから続ける。

何を言われるのかわかって、胤人は身を硬くした。

「ちょうど兄上がお食事に手をつけられなくなった頃と前後して、千葉《ちば》様との音信が途絶えておいでのようですが、やはり、それが原因なのですか？」

「そう……かもしれない」

やっと胤人は答えた。

黙り込んでいても宗篤は納得せず、胤人が口を開くまで辛抱強く話しかけてくるに違いないと思ったからだ。それに、いいかげん誰かに胸の内を吐露して、少しでも楽になりたい気持ちも確かに存在した。

「兄上は、千葉様のことを愛しておいでなのですね」

思いがけず大胆な言い方で決めつけられ、胤人は焦って否定しかけた。

愛しているだなんて、そこまで気持ちが募っているとは考えていなかった。ただ、忘れられないだけ。離れたいと言ったことを悔いているだけ。重貴と会わなくなって、心に穴が空いたように空虚で、いきいきした気分になれない――要はそんなところだ。

愛してなんて……。

だが、宗篤と目がかち合った途端、そんなことを並べ立てて「愛ではない」などと言い張る事そのものに恥ずかしさを感じた。この期に及んで往生際が悪いと、自分でも思ったのだ。

――結局、宗篤の言うことの方が正しいのだ。今まで大抵の場合がそうであったように。

胤人は耳朶まで赤くなっているのを意識しながら、渋々にでも頷いた。

たぶん、重貴を愛してしまっている。

「それでは、決別しようと言いだしたのは千葉様なのですか？　それとも兄上から？」

「……私だ」

この際だったので、胤人は正直に白状した。

一度腹を括れば、後は野となれ山となれの心境だ。

胤人の返事を聞くまでもなく、宗篤にはだいたいの顛末《てんまつ》は想像に難くなかったようだ。胤人の性格は嫌というほど知り尽くしているはずだから、なぜ胤人がここまで落ち込んでいるのかを考えれば、答えは自《おの》ずと決まっていたようなものだろう。

胤人は自分で出したはずの答えに、自分自身が一番納得しきれずに、時が経てば経つほど後悔が募ってきて、食事も睡眠も受け付けなくなるほど苦しくなっていたのだ。

「仕方のない方だ」

宗篤はおよそ弟らしくない物言いをし、呆れたような溜息まで吐いた。

本来ならば怒って宗篤を部屋から追い出したところだろうが、今の胤人はそんなことのできる立場になかった。完全に宗篤に凌駕《りょうが》されていて、それを受け入れざるを得ない状況に追い込まれている。

「どうせ私は馬鹿だ」

拗ねてそっぽを向くのがせいぜいの胤人に、宗篤は困惑気味に微笑した。

「兄上が、意外と要領が悪くていらっしゃることは確かですね」

「もういい。食べる。それを食べればいいんだろう！」

胤人はますます自棄になり、ワゴンの上にある、銀色のドームを被せた皿やその他諸々《もろもろ》の料理を指差した。

「はい」

クックッと引き続き笑いながら宗篤がしたり顔で頷く。

ひと通り笑った後で、宗篤はフッと生真面目な表情に戻った。

「お食事がお済みになりましたら、気晴らしに倶楽部にでもお出かけになってはいかがでしょうか。お久しぶりですよね？　もしかすると千葉様もおいでかもしれません。伸吾《しんご》さんや、もうおひと方……諏訪《すわ》様でしたか、少なくともどなたかはいらっしゃるのではないですか。何かあるとひとりで考え込まれたり、部屋に引き籠もったりなさるのは、兄上のよくない癖です。世の中、そう捨てたものではありません。兄上が探しておいでの答えも、ひょんなところで見つかるやもしれませんよ」

「しかし。もし重…いや、千葉がいたら、どんな顔をして会えばいいんだ……」

胤人が迷って自信なげにすると、宗篤は拍子抜けするほど簡単に、さらりと答えた。

「素直に兄上のお気持ちをお伝えすればよろしいのでは？」

「無理だそんなこと」

胤人は乱暴に首を振る。

「できない」

できるのなら、こんなに悩みはしていない。

やっぱり宗篤は何もわかっていないと胤人は苛立った。

「私が思いますに、できないとおっしゃるのなら、兄上のお気持ちはたいして切羽詰まったものではないということです。その程度なら、お食事をなさって倶楽部で玉突きでもなされば、数時間で忘れておしまいになられるのでは？」

どちらにしても、お出かけになることをお勧めします——宗篤はそう言うと、それでは、と踵《きびす》を返して大股に胤人の部屋から出ていった。

重貴《しげたか》は三田《みた》の千葉邸で、長兄の娘二人に翻訳物の児童文学を読み聞かせてやっていた。半時ほど前からさらさらとした雨が降り始めた戸外はいかにも寒々しい。ただでさえ鬱屈とした冬の景色を、更に憂鬱な色合いに塗り込めている。

幼児の遊び相手になるには、いささかぶっきらぼうすぎて向いていないと自認しているつもりだが、なぜか二人には受けがいい。五歳と七歳にして面食いか、と父親である長兄は面白くなさそうな顔で、恨めしげにぼやく。

重貴自身、二人にまとわりつかれて、「しょうらいは、しげたかお兄ちゃまのおよめさんになるの！」などと宣言されると、可愛らしさに笑みが零れる。

あいにく重貴は男色家で、先週これ以上ないくらい壊滅的な打撃を心に受けて失恋したばかりだが、それとこれとは別問題なのだ。

不遇な元大金持ちの娘が学校で下働きとして扱《こ》き使《つか》われている場面を読んでいる途中で、小間使いが来客を告げに来た。

「芦名《あしな》様とおっしゃる方がお見えです」

「芦名?」

重貴の脳裏に真っ先に浮かんだのは、胤人ではなく弟の方だった。胤人であるはずがない。重貴は頭からそう信じ込んでいた。あのプライドの塊のような華族の貴公子が、泣いて解放してくれと重貴に頼み、もう会いたくないと言い張ったのだ。あんな形で自ら終止符を打ったのだから、二度と重貴の近辺に姿を現すことはないだろう。

ところが、小間使いは重貴が不審そうな顔つきをするや、慌てて言い添えた。

「はい。芦名胤人様とおっしゃいました」

嘘だろう。重貴はにわかには信じられず、狐に化かされた心地で呟いた。

小間使いは神妙な顔つきで、困惑したように首を傾げている。

どうやら、誰かが質の悪い冗談を言って重貴をからかおうとしているわけではないらしい。そんなくだらない悪戯をして人をからかう人間は、楢崎《ならざき》伸吾以外に思いつかないが、伸吾は重貴と胤人の関係を知らないはずだ。口の堅い碩徳が伸吾にぽろりと喋るとも思えない。

「すぐにお通しするように。ああ、待て、客間ではなく俺の部屋がいいな。俺が直接案内しよう。きみはお茶の用意をしてくれ」

「畏まりました、重貴様」

重貴はまだ半信半疑で頭を混乱させたまま、玄関ホールへ向かった。

こんなことがあるとは思いもかけなかった。いったい、どういう風の吹き回しだ。自分から会いたくない、辛いと言ったくせに、今になって恨み辛みを言わねば気が済まなくなりでもしたのだろうか。ほとぼりが冷め、穏やかな日常に戻って一息ついたところで、改めて重貴に正式な謝罪を求めに来たとも考えられる。何せ相手は高貴なお華族様だ。傷つけられた矜持を取り戻さずにいられなくなったのかもしれない。

会いたいような、会うのが怖いような。

怖いと思う自分を認めるのは勇気がいったが、重貴の本音はその通りだ。

心を落ち着かせるために、わざとゆっくりした歩調を心がける。どんな顔で胤人に会えばいいのか、重貴はまだ決めかねていた。それから、第一声もだ。いかにもいつもの自分らしく、「今更何をしに来た」と冷淡に言い放つべきか。

それとも――？

考えているうちにホールに出てしまう。

重貴は胤人を目にした途端、ああやっぱり離したくなかったのだ、とひしひし感じた。虚勢を張っても自分の気持ちはごまかせない。

壁際に置いてある肘掛け椅子に、会いたくて会いたくて、未練がましくも夢にまで出てくるほど焦がれた男の姿がある。そこにいるだけで、誰もが目を瞠らずにいられないほど美しく上品な貴公子ぶり。

「胤人」

重貴は湧き出る愛情を率直に滲ませ、いつの間にか心の奥深くにまで入り込んできていた愛しい男の名前を呼んだ。冷たくしたり怒鳴りつけたりという対応も考えていたが、顔を合わせた瞬間そのことはすっぱりと頭から掻き消えていた。

「……重貴」

胤人がゆっくりと立ち上がる。

ひどく遠慮がちで、きまりが悪そうだ。こんな胤人は初めてだ。

ここまで足を運ぶ勇気を振り絞るために胤人がどれだけ逡巡したのか、苦しんだのか、重貴は如実《にょじつ》に理解した。

痩せた。それに顔色も決してよくない。目も腫れぼったくて、ずっと泣いていたか眠れなかったかのようだ。重貴はぐっと胸が詰まった。心が痛む。辛い思いをしていたのは重貴ばかりではなく、胤人も同様、いや、重貴以上に煩悶《はんもん》していたのだ。

なぜもっと早く重貴から行動してやらなかったのだろう。

蓋《ふた》を開ければそんな後悔も出てきた。こんなことならという結果論からいくらそんなことを考えても詮無いし、調子がよすぎるのだが、考えずにはいられない。自分の意気地なさがひたすらに恥ずかしかった。

「おまえ、濡れてるじゃないか」

腕を伸ばせば抱き寄せられるほどの距離に立って向き合った重貴は、胤人の髪やズボンの裾に目を留めて言った。

「あ、……うん。少し」

湿りけを帯びてしんなりとなっている髪に指先を触れさせつつ、胤人は気恥ずかしげにする。

「倶楽部に出かけたときには晴れていたものだから、傘を持って出なかった。ここに向かう車の中で降りだしたので、門から屋敷まで、庭を横切ってくる間に濡れただけだ。きみの屋敷の庭、広いんだな」

「馬鹿やろう。来いよ。ここは寒かっただろう!」

「あっ……!」

胤人の細い腕を引っ張り、ホールの中央にある螺旋階段を上っていく。

重貴の部屋は二階の東端にある、バルコニー付きの洋室だ。部屋は西欧式のガスヒーターで暖まっている。

胤人をパネル式ヒーターのすぐ近くの安楽椅子に座らせると、重貴は洋箪笥《ようだんす》の抽斗《ひきだし》を開け、厚手のタオルを取った。

そうして手ずから、胤人の髪をタオルに挟んで叩くようにして水気を拭ってやる。

胤人はおとなしくされるままになっていた。長い睫毛がときおり面映ゆげに揺れる。よくできた美しい人形のようだ。

「……なぜ、ここに来た？」

大雑把《おおざっぱ》に乾かした後の髪を、ブラシを使って梳《す》いてやりながら、重貴はぽつりと聞いた。聞こうか聞くまいか、ずいぶん迷ったのだが、自分より更に要領が悪くて不器用だと碩徳《せきとく》が断じていた胤人から何か言いだすのを待っていたら、日が暮れて結局うやむやになってしまいかねない。

重貴は今度こそ間違えたくなかった。

千載一遇《せんざいいちぐう》かもしれない機会を逃したくもなかったのである。

「諏訪が、きみはもうずっと倶楽部に顔を出していない、たぶん三田の本邸に引き籠もって失恋の痛手に泣いているんだろうと言った」

澄んだ切れ長の瞳でひたと重貴を見つめ、胤人はひと言ずつ、ゆっくりと噛みしめるように話す。以前はこの独特の喋り方が、重貴にはひどく高慢ちきで気取っているように感じられ、虫酸《むしず》が走るほど嫌いだった。だが今は、むしろ、ぎこちなくて可愛いとすら思えるのだから、人の感覚など信用できないものだ。

「碩徳のやつ、おまえにそんなふうに言ったのか。……あいつめ。今度会ったら、甘いものでも奢らせてやる」

「諏訪は甘いものが苦手だと聞いた気がする」

「だからいいんじゃないか」

重貴は変なところで生真面目な受け答えをする胤人がおかしくて笑った。

「それより、俺がおまえにさっき聞いた『なぜ』は、そういう意味ではなかったんだが」

なぜ「胤人は」ここに来たのか、と聞いたつもりだった。胤人自身の理由を聞いたのだ。

突っ込んで聞き直すと、胤人は目に見えて困惑し、首筋から耳朶まで、白い肌を余さず薄桃色に染めた。きゅっと噛んだ唇の赤さも印象的だ。

実はもう、胤人のこの顔を見た瞬間に、あえて言葉にして語り合うことは何もない、黙って抱き締めればいいのだとわかっていた。

胤人の側も、ここに来て重貴と顔を合わせ、態度を目の当《ま》たり《あ》にすることで、重貴の真実の気持ちがどこにあるのか察したことだろう。今まで迷いあぐね、苦しみ抜いていたことが馬鹿らしくなるくらい、二人して遠回りしてしまったことに気がついたに違いない。二人の気持ちはとうにひとつだったのだ。ただ、お互い、意地を張っていただけだ。始まりが非常識すぎたので、なかなか相手の気持ちに気づけず、自分の気持ちも信じられなかった。事情に気づいた周囲が見ていられないとやきもきするくらい要領が悪かっただけなのだ。

わかってはいても、一度傷つけられた重貴としては、やはり胤人からの真実の告白を聞こうと欲張りたい心境になった。

あの日重貴は、自分でも信じられないくらい、胤人の「もうやめたい」という科白に打ちのめされた。いかに自分がそう言いだされるのを内心恐れていたのか、思い知らされた気分だった。告げられたのが、それまでで最高に充実した行為の直後だったせいもある。満ち足りた気分に浸りきっていた矢先に突然切り出され、まさに寝耳に水の心境だった。何より、あそこで胤人に苦しげに泣かれたことが、重貴の胸をきりきりと抉り、痛めつけた。

今にして思えば、あまりにも衝撃が大きかったので、言葉の裏にあったはずの胤人の本当の気持ちを察することができなかったのだろう。重貴は「もう、いやだ」という言葉を至極表層的に捉え、なぜそんなふうに言うのか突っ込んで考える余裕を失っていた。もしあの場で「どういう意味だ」と問い質し、胤人の本音に気づけていれば、事態はまるで違う方向に流れたはずだ。重貴自身、碩徳のお節介に感化され、素直になろうとしかけていたところでもあったので、きっとその場で胤人に、「好きになってしまった」と言えたと思う。始まりの横暴さを謝り、許して欲しいと頼めたに相違ないのだ。

しかし、現実はまるでお粗末で、重貴は胤人を置いて逃げるように部屋を出て、見送りすらもトメに任せてしまう体たらくだった。

後で、逃げずにあの場でもう一度よく話し合えばよかったと、何度後悔したかしれない。愛していると最後まで正直に言えなかった自分の愚かさを死ぬほど恨んだものだ。

おまけに、以降もただ漫然と、失恋の痛手を引きずったまま消沈した日々を過ごすばかりだった。優《まさる》が指摘した通り、意外にも重貴にとって胤人が初めて真剣に恋をした相手で、なくしたときの痛手も痛烈だった。確かに、優に「そろそろ寝るのはやめようか」と提案されたとき冷静に受け止められたことを考えれば、胤人の存在は明らかに優のとき以上に大きかったことになる。

らしくもなく塞いでいた重貴の元に、今日こうして胤人の方から訪ねてきてくれたとは、まさに奇跡のようだ。

重貴は先ほどからずっと照れくさそうに黙り込んだままの胤人の足下に跪き、伏せた顔を下から覗き込む。

「いつからあんなふうに泣いていた？」

――いつから俺のことを好きになっていた？

「……わからない」

胤人がぽつりと答える。

それと同時に頬から涙の粒が落ちてきて、膝に置かれていた胤人の手を重ねて覆った重貴の手の甲に、雨粒のように落ちる。

予期していなくて重貴は驚いた。

聞いた端からまた泣かせてしまったようだ。何をやっているんだ俺は——そう自分自身を詰《なじ》りたくなる。

「じゃあ、おまえはわからなくてもいい」

重貴は胤人の濡れた頬をそっと撫で、顎を掴んで擡げさせた。顎にかけた指先も濡れる。押し殺したように唇を震わせて声もなく泣く姿に、ぐっと胸がせつなくなる。もしこれが、安堵や嬉しさからきている涙でないのなら、重貴は大層うろたえたところだ。しかし、どうやら心配するには及ばないらしいということが、胤人の泣き笑いするような表情から窺えて、取りあえずほっとした。

「おまえがわからなくても、俺がわかっている。これからは、おまえのことは全部俺がわかっているようにする。いいだろう、胤人、それならば?」

「……はい」

はにかんで答える胤人は目の中に入れても痛くないほど愛しい。「はい」という素直な返事を聞くのも初めてだ。ついに胤人が重貴を受け入れてくれたのだと確信する。重貴は歓喜のあまり、どうにかなってしまいそうだった。

「胤人」

跪く姿勢で胤人の前にいた重貴は、立ち上がりつつ、椅子に座らせた胤人の両腕を取って一緒に引き立たせた。

立ったまま、胤人を胸に引き寄せて、力強く抱き竦める。

「俺たちは最初からやり直しだ」

それでいいと言うように、胤人もこくりと頷いた。

重貴は満足し、胤人の顔を上向かせると桜色の唇を塞ぎ、ちゅっと音をさせて吸い上げた。

久々に触れる唇は甘い。甘くて頭の芯がとろけそうになる。

夢中になって何度も粘膜を接合させ、柔らかさと甘さと心地よさを堪能した。

「あ……ん、ん……んっ」

角度を変えながら口づけするたび、胤人は艶めかしく喘ぎ、感じて顎を震わせる。

「もう間違えない」

濃密なくちづけの合間に重貴は熱を籠めて囁いた。

「今まで、脅して苦しめて、酷いことばかりして、悪かった」

「……はっ、……あ」

「愛してる」

胤人がびっくりしたように、閉じていた瞼を開く。面と向かって重貴の口からこんな言葉を聞くとは思っていなかったのだろう。これまでの意地の張り合いぶりからすれば無理もない。重貴自身、言えた自分に少し驚いているくらいだ。

胤人の濡れた黒い瞳は、宝石のように綺麗だった。

思わず瞳にも口づけしたくなる。

「いつからなのか、俺にもやはり、はっきりわからないな」

だが、言葉も気持ちも嘘ではない。

もう一度「愛している」と胤人の耳の傍で囁く。

真っ赤になった耳朶が、食べたいくらい愛しかった。

「あ」

不意に胤人が小さく声を上げ、重貴の肩越しに窓の外を見る。

重貴もつられて首を回した。

雨が止んで、雲の隙間から日が差してきている。

「胤人。デェトしないか」

いつもいつも会ったら寝るばかりで、一緒にどこかに出かけたり、外で食事をしたりしたことすらなかった。

重貴の誘いに胤人は「どこで?」と聞いてきた。

「どこでもいいさ。おまえが行きたいところに連れていってやろう」

「……じゃあ銀座《ぎんざ》」

活動写真が観たい、と続けた胤人に、重貴は心密かに「ちくしょう碩徳め」と呟き、渋々ながらにも脱帽していた。

胤人はそんな重貴を見上げ、訝しげに首を傾げる。

その仕草があまりにも可愛くて、重貴はもう少しで「やっぱり今日は出かけるのをやめて、寝台に行かないか」と言いそうになるのを、必死で我慢しなければならなかった。

POSTSCRIPT

HARUHI TONO

貴族シリーズ第七作目をお届けいたします。いかがでしたでしょうか。

今回はひたすら素直になれない受様、というテーマで書かせていただきました。プライドは高いのに、いまいち往生際は悪い、とことん逆らって折れようとしない――そういうのも一度は書いてみたかったのでした。

いつもに比べますと、脇キャラが多く登場するので、それも珍しいかもしれません。碩徳さんや宗篤くんなどは、書いていて楽しくて、もっといろいろなシーンに登場させたかったです。

そして、前々からちょっとその傾向はあるかなぁとは思っていたのですが、やっぱりわたし、和服でお酒を酌み交わすというシーンが大好きなようです。今回も入れてしまいました。

イラストは雪舟薫先生にお世話になりました。お忙しい中、素敵なイラストをありがとうございました。午前4時にラフが流れてきたときには、疲れも眠気も吹き飛びました。

ちなみにこの作品は、早くも来年2月の予定でドラマCD化が決まっております。インターコミュニケーションズさんから発売の貴族シリーズも、これで4枚目です。前の3作同様、どうぞよろしくお願いいたします。わたしも音の世界で聞く「貴族シリーズ」、大変楽しみにしております。

年内のSHYノベルズはこの本で最後ですが、来年もまたぼちぼちと貴族シリーズでお目にかかれると思います。実は、某作品につきましては、貴族シリーズ内初の続編を出していただける予定になっています。またぜひ読んでやってくださいませ。

ご意見・ご感想等ありましたら、いつまでても首を長くしてお待ちしておりますので、ぜひお寄せください。皆様の反応が次作を書く上でのパワーになります。

文末になりましたが、この本の制作に関わっていただきましたスタッフの皆様に、厚くお礼申し上げます。いつもギリギリですみませんでした。どうもありがとうございました。

それでは、また次作でお目にかかりましょう。

遠野春日拝

SHY NOVELS

桔梗庵の花盗人と貴族

SHY NOVELS119

遠野春日 著

HARUHI TONO

ファンレターの宛先

〒101-0065 東京都千代田区西神田3-3-9大洋ビル3F
(株)大洋図書 SHY NOVELS編集部
「遠野春日先生」「雪舟 薫先生」係

皆様のお便りをお待ちしております。

初版第一刷2004年11月15日

発行者 山田章博
発行所 株式会社大洋図書
〒101-0065 東京都千代田区西神田3-3-9大洋ビル
電話03-3263-2424(代表)
〒101-0065 東京都千代田区西神田3-3-9大洋ビル3F
電話03-3556-1352(編集)
イラスト 雪舟 薫
デザイン Plumage Design Office
カラー印刷 小宮山印刷株式会社
本文印刷 大日本印刷株式会社
製本 大日本印刷株式会社

ISBN4-8130-1038-5